凝煉知識品味閱讀

Cerita dongeng

寓言

印尼語版

Pengarang 編著：楊琇惠 Yang Xiu Hui
Penerjermah 翻譯：Caroline 李良珊 Li Liang Shan

五南圖書出版公司 印行

序

在耕耘華語教材十二年之後的今天，終於有機會跨出英文版本，開始出版越語、泰語及印尼語三種新版本，以服務不同語系的學習者。此刻的心情，眞是雀躍而歡欣，感覺努力終於有了些成果。

這次之所以能同時出版三個東南亞語系的版本，除了要感謝夏淑賢主任（泰語）、李良珊老師（印尼語）及陳瑞祥雲老師（越南語）的翻譯外，最主要的，還是要感謝五南圖書出版社！五南帶著社企的精神，一心想要回饋社會，想要爲臺灣做點事，所以才能促成此次的出版。五南的楊榮川董事長因爲心疼許多嫁到臺灣的新住民朋友，因爲對臺灣語言、文化的不熟悉，導致適應困難，甚至自我封閉。有鑑於此，便思考當如何才能幫助來到寶島和我們一起生活，一起養兒育女的新住民，讓他們能早日融入這個地方，安心地在這裏生活，自在地與臺灣人溝通，甚至教導下一代關於中華文化的種種，思索再三，還是覺得必需從語言文化下手，是以不計成本地開闢了這個書系。

回想半年前，當五南的黃惠娟副總編跟筆者傳達這個消息時，內心實在是既興奮又激動，開心之餘，感覺有股暖流在心裏盪漾。是以當下，筆者便和副總編一同挑選了五本適合新住民的華語書籍，當中除了有基礎會話，中級會話的教學外，還有些著名的中國寓言，及實用有趣的成語專書，可以説從最基礎到高級都含括了。希望新住民朋友能夠透過這個書系，來增進華語聽、説、讀、寫的能力，讓自己能順利地與中華文化接軌。

這是個充滿愛與關懷的書系，希望新住民朋友能感受到五南的用心，以及臺灣人的熱情。在研習這套書後，衷心期盼新住民朋友能和我們一起愛上這個寶島，一同在這個島上築夢，並創造屬於自己的未來。

楊琇惠

民國一〇五年十一月十九日

於林口臺北新境

Kata pengantar

Setelah 20 tahun mendalami materi pengajaran mandarin, saat ini akhirnya mendapatkan kesempatan melangkah untuk menerbitkan buku versi bahasa inggris, mulai menerbitkan tiga macam versi yang baru dalam bahasa Vietnam, bahasa Thailand dan bahasa Indonesia, untuk melayani keperluan pembelajar dalam bahasa lain. Suasana hati sekarang ini, sangat bersukacita, merasa akhirnya semua kerja keras telah membuahkan hasil.

Diwaktu yang bersamaan dapat menerbitkan tiga macam seri bahasa asia tenggara, selain harus berterima kasih untuk penerjemahan kepala bagian Xia Shu Xian (bahasa Thailand), guru Li Liang shan (bahasa Indonesia) dan juga guru Chen Rui Xiang Yun (bahasa Vietnam), utamanya, tetap harus berterima kasih kepada penerbitan buku Wunan! Wunan membawa semangat penantian baru, sejak dari dulu segenap hati ingin memberikan sesuatu kepada masyarakat, ingin melakukan sesuatu untuk Taiwan, maka dari itu baru dapat memenuhi penerbitan kali ini. Kepala direktur Wunan Yang Rong Chuan karena sedih melihat banyak yang menikah ke Taiwan menjadi penduduk baru, karena tidak mengenali bahasa dan budaya Taiwan, mengakibatkan kesulitan untuk beradaptasi, sampai-sampai mengurung diri sendiri. Dikarenakan itu, mulai berpikir bagaimana dapat membantu yang datang kepulau berharga kami hidup bebas bersama dan membesarkan anak cucu bersama, agar mereka dapat segera membaur dan hidup tenang ditempat ini, dengan bebas berkomunikasi dengan orang Taiwan, sampai mengajarkan generasi berikutnya bermacam adat istiadat Tiongkok, setelah melakukan pikiran yang dalam, masih merasa harus dimulai dari bahasa, dengan tidak menghitung biaya memulai buku seri ini.

Berpikir setengah tahun yang lalu, saat wakil ketua editor Huang Hui Juan menyampaikan berita ini kepada penulis, dalam hati benar-benar gembira dan lebih dari senang, merasa seperti ada segetar perasaan hangat terbakar didalam hati. Dengan bergegas, penulis dan wakit ketua editor memilih lima buku mandarin yang cocok untuk penduduk baru, diantaranya selain ada percakapan dasar, materi percakapan menengah, masih ada beberapa cerita dongeng Tiongkok yang terkenal, menggunakan buku peribahasa yang menarik, dapat dikatakan dari paling dasar sampai lanjutan atas semua sudah termasuk. Berharap penduduk baru dapat melalui serian buku ini, dapat menambah kemampuan mendengar, bicara, membaca dan menulis mandarin, dapat dengan lancar berbaur dengan budaya Tiongkok.

Serian buku yang penuh dengan cinta dan perhatian ini, berharap teman penduduk baru dapat merasakan kerja keras Wunan, dan kepedulian orang Taiwan. Setelah memelajari set buku ini, dengan sepenuh hati berharap teman penduduk baru dapat dengan bersama kami mencintai pulau berharga ini, bersama dipulau ini mendirikan mimpi, menciptakan masa depan sendiri.

Yang Xiu Hui

105 Tahun Taiwan bulan 11 tanggal 15

Taipei baru, Linkou

編輯前言

遠渡重洋來到臺灣生活的新住民，無論是嫁娶或經商、工作等原因，在生活上都需要了解如何用中文聽、説、讀、寫，才能在食、衣、住、行上，一切溝通無礙。而有了入門的基本溝通能力後，進一步了解彼此的文化習俗，才能讓新住民更在地化、更能融入華人社會。

有鑑於此，我們編撰了此本針對新住民不同國籍的文化閱讀的華語書，來服務在臺灣生活、工作、學習的新住民，以及對此有興趣的華語系所學生。

本書特色：

1. 這是一本介紹華人耳熟能詳的中國寓言故事的好書，內容豐富，並搭配情境故事的插畫，所選寓言都很詼諧有趣、寓意深遠。
2. 全書都以輕鬆活潑的文筆改寫了原本文言文的寓言故事，包括〈杯弓蛇影〉、〈井底之蛙〉、〈塞翁失馬〉、〈愚公移山〉……等共20篇。讀了這些寓寓言名篇，不僅能藉此看到華人的智慧，並能從故事中見生活中的大道理。
3. 每篇寓言都包括漢語拼音、印尼文，在文末還附有生詞釋意表，絕對讓你輕鬆閱讀、快樂學習，日益增進華語聽、説、讀、寫的能力。

Kata pengantar editor

Penduduk baru yang jauh melewati lautan datang ke Taiwan, dengan alasan penikahan maupun berbisnis ataupun bekerja, di kehidupan perlu mengerti akan bagaimana menggunakan bahasa mandarin dari mendengar、berbicara、membaca、menulis, baru bisa di makanan、pakaian、tempat tinggal、berbisnis, berkomunikasi dengan bebas hambatan. Dan setelah mempunyai kemampuan dasar komunikasi, melakukan penjelajahan berikutnya dengan memahami adat istiadat masing-masing, barulah dapat mebuat penduduk baru lebih membaur dengan adat setempat dan memasuki masyarakat etnis chinese. Dengan ini, kami memilih lebih mengarang buku mandarin tertuju kepada penduduk baru yang berkebangsaan berbeda, untuk melayani kehidupan、bekerja、penduduk baru yang belajar, dan juga untuk murid yang tertarik terhadap bagian bahasa mandarin di Taiwan.

Keunikan buku ini:

1. Buku ini sebuah buku bagus yang memperkenalkan cerita dongeng tiongkok yang sering didengar, isinya beraneka ragam, dan diselaraskan dengan tambahan gambar keadaan cerita tersebut, cerita dongeng yang dipilih menarik dan lucu, bermakna sangat dalam.
2. Seluruh buku ini bisa dengan karangan yang lincah dan santai merubah skrip cerita dongeng bahasa sastra yang semula, termasuk < Bayangan ular dicawan, Katak dalam sumur, Saudagar yang kehilangan kuda, Orang yang memindahkan gunung … dan lain-lain berjumblah 20 cerita. Setelah membaca buku cerita dongeng ini, tidak hanya dapat melalui ini melihat kecerdikan etnis Chinese, dan juga dapat mendapati makna hidup kehidupan yang besar.

3. Setiap cerita dongeng termasuk Hanyu Pinyin, Bahasa Indonesia, di bagian akhir buku disertai daftar penjelasan kosakata, pasti akan membuat anda membaca dengan santai, hari demi hari menambah kemampuan mendengar, berbicara, membaca dan menulis bahasa mandarin anda.

CONTENTS

目錄

目錄

一、千里馬長怎樣
qiānlǐmǎ zhǎng zěnyàng

㈠ 文章
wénzhāng

春秋 時代時，秦國的秦穆公 非常喜愛
Chūnqiū shídài shí ，Qínguó de Qínmùgōng fēicháng xǐài

馬，在他的馬廄裡， 豢養 著好幾匹難得一見的
mǎ ，zài tā de mǎjiù lǐ ，huànyǎngzhe hǎojǐpī nándéyíjiàn de

好馬，而這些稀有的馬都是他的臣子伯樂從不同
hǎomǎ ，ér zhèxiē xīyǒu de mǎ dōushì tā de chénzǐ Bólè cóngbùtóng

的地方找來的。但是，懂馬的伯樂年紀漸漸
de dìfāng zhǎolái de 。dànshì ，dǒng mǎ de Bólè niánjì jiànjiàn

大了，再也沒辦法四處爲秦穆公 探尋良馬。
dà le ，zài yě méibànfǎ sìchù wèi Qínmùgōng tànxún liángmǎ 。

因此，秦穆公擔心地問他：「伯樂啊，就你看，
yīncǐ ，Qínmùgōng dānxīn de wèn tā ：「 Bólè a ，jiù nǐ kàn ，

你那些孩子誰能和你一樣爲我尋覓良馬呢？」
nǐ nàxiē háizi shuínénghàn nǐ yíyàng wèi wǒ xúnmì liángmǎ ne ？」

伯樂想了想，回答：「我知道您雖然有了這麼
Bólè xiǎng le xiǎng ，huídá ：「 wǒ zhīdào nín suīrán yǒu le zhème

多好馬，但最期待的還是千里馬。不瞞您說，
duō hǎomǎ ，dàn zuì qídài de háishì qiānlǐmǎ 。bùmán nín shuō ，

一般的馬，從骨骼、高度 等等 外觀就能看出
yìbān de mǎ ，cóng gǔgé 、 gāodù děngděng wàiguān jiù néngkànchū

好壞，但是，千里馬卻無法從 外表來判斷，若
hǎohuài ，dànshì ， qiānlǐmǎ què wúfǎ cóngwàibiǎo lái pànduàn ，ruò

不是親眼見到牠奔跑時，腳步 輕快 到看不見飛起
búshì qīnyǎnjiàndào tā bēnpǎo shí ， jiǎobù qīngkuàidào kànbújiàn fēiqǐ

的塵土和踩過的蹄印，還眞是沒能看出牠的
de chéntǔ hàn cǎiguò de tíyìn ， hái zhēnshì méi néng kànchū tā de

能耐。無奈啊，我的孩子都不夠優秀，他們 頂多
néngnài。 wúnài a ， wǒ de háizi dōu búgòu yōuxiù ， tāmen dǐngduō

只能 分辨出良馬和劣馬，但無法看出獨一無二
zhǐnéng fēnbiàn chū liángmǎ hàn lièmǎ ， dàn wúfǎ kànchū dúyīwúèr

的千里馬。」
de qiānlǐmǎ

秦穆公 聽了好失望，但伯樂接著說：
Qínmùgōng tīngle hǎo shīwàng ， dàn Bólè jiēzhe shuō ：

「不過，我知道有一個叫九方皋的人，他識馬的
「 búguò ， wǒ zhīdào yǒu yíge jiào Jiǔfānggāo de rén ， tā shì mǎ de

能力和我差不多，您可以接見他。」
nénglì hàn wǒ chābùduō ， nín kěyǐ jiējiàn tā 。 」

秦穆公 連忙 找來九方皋，派他去 尋找
Qínmùgōng liánmáng zhǎolái Jiǔfānggāo ， pài tā qù xúnzhǎo

千里馬。過了三個月，九方皋回來報告 秦穆公：
qiānlǐmǎ 。 guòle sāngeyuè ， Jiǔfānggāo huílái bàogào Qínmùgōng ：

「我找到千里馬了，在南方的一個沙丘 上。」
「 wǒ zhǎodào Qiānlǐmǎ le ， zài nánfāng de yíge shāqiū shàng 。 」

秦穆公 喜出望外，趕緊問他：「是匹 怎麼樣的
Qínmùgōng xǐchūwàngwài ， gǎnjǐn wèn tā ： 「 shì pī zěnmeyàng de

馬呢？」九方皋回答：「是匹母馬，毛色是 黃
mǎ ne ？ 」 Jiǔfānggāo huídá ： 「 shì pī mǔmǎ ， máosè shì huáng

的。」秦穆公 馬上 派人去把馬帶回來，可是
de 。 」 Qínmùgōng mǎshàng pài rén qù bǎ mǎ dàihuílái ， kěshì

看見的卻是一匹黑色的公馬！他 非常 不高興，
kànjiàn de quèshì yìpī hēisè de gōngmǎ ！ tā fēicháng bù gāoxìng ，

找來伯樂質問：「太糟糕了！你推薦的九方皋，
zhǎolái Bólè zhíwèn ： 「 tài zāogāo le ！ nǐ tuījiàn de Jiǔfānggāo ，

連馬的顏色和性別都分不清楚，哪能 找到
lián mǎ de yánsè hàn xìngbié dōu fēnbùqīngchǔ ， nǎ néng zhǎodào

千里馬呢？」
qiānlǐmǎ ne ？」

伯樂歎了口氣，緩緩 地說：「啊！ 沒想到
Bólè tànle kǒu qì ，huǎnhuǎn de shuō ：「 a ！ méixiǎngdào

他已經到了 這種 境界，甚至超越 了我！現在，
tā yǐjīng dàole zhèzhǒng jìngjiè ， shèzhì chāoyuè le wǒ ！ xiànzài ，

他觀察馬，已不再是看牠外在的模樣，而是
tā guānchá mǎ ， yǐ búzài shì kàn tā wàizài de móyàng ， érshì

用心 體會那匹馬內在的本質，也就是說，他已經
yòngxīn tǐhuì nàpī mǎ nèizài de běnzhí ， yě jiù shì shuō ， tā yǐjīng

達到了不受 表面 特徵 影響 判斷 的境界了。
dádàole búshòu biǎomiàn tèzhēng yǐngxiǎng pànduàn de jìngjiè le 。

像 他這樣識馬，已經 遠遠 超過任何一個識馬
xiàng tā zhèyàng shì mǎ ， yǐjīng yuǎnyuǎn chāoguò rènhé yíge shìmǎ

人的能力了。您可以讓那匹馬跑跑看，就會知道
rén de nénglì le 。nín kěyǐ ràng nàpī mǎ pǎopǎokàn ， jiù huì zhīdào

九方皋到底 懂不懂 馬了。」秦穆公 半信半疑
Jiǔfānggāo dàodǐ dǒngbùdǒng mǎ le 。」 Qínmùgōng bànxìnbànyí

地把那匹馬放出來，果然，不出 十秒鐘 ，馬
de bǎ nàpī mǎ fàngchūlái ， guǒrán ， bùchū shímiǎozhōng ， mǎ

就跑出 皇宮 的 圍牆 ，成了 遠方 的一個小黑
jiù pǎochū huánggōng de wéiqiáng ， chéngle yuǎnfāng de yíge xiǎo hēi

點 。
diǎn 。

Bagaimana rupanya Qianlima (Kuda Trinidad)

Dahulu kala saat di jaman Chun Qiu (Semi dan Gugur), Raja Negara Qin bernama Qin Mu Gong sangat menyukai Kuda, di kandang kuda istananya selalu memelihara beberapa ekor Kuda yang bagus dan langka. Kuda yang berbeda ini dicari oleh pelayannya, ahli Kuda yang bernama Bo Le dari berbagai tempat. Tetapi karena usia Bo Le bertambah sehingga kemudian tidak mampu melakukan pencarian kuda yang bermutu baik lagi. Oleh karena itu, Qin Mu Gong khawatir dan bertanya kepadanya: “Bo Le, menurut kamu, anak-anak kamu yang mana bisa seperti kamu dapat menemukan kuda yang baik untuk saya?”. Bo Le setelah berfikir lalu menjawab: “Saya tahu bahwa meskipun Anda memiliki begitu banyak kuda yang bagus, tapi yang paling diantisipasikan adalah Qianlima (kuda Trinidad). Sejujurnya, kuda pada umumnya dilihat dari penampilan tulang, ketinggian dan lain-lain, sehingga dapat ketahui kuda itu baik atau buruk, tapi Qianlima (kuda Trinidad) tidak dapat ditentukan pribadi dan karakternya dari penampilan luar, jika bukan melihat sendiri saat dia lari, hanya dapat dinilai jika ketika dia berlari tidak terlihat debu terbang dan tidak meninggalkan jejak kakinya, juga benar-benar tidak dapat melihat kemampuannya. Aku tak berdaya, anak-anak saya tidak cukup unggul untuk itu, mereka hanya bisa membedakan kuda yang baik dan kuda yang buruk, tetapi tidak sanggup membedakan Qianlima (kuda Trinidad) yang unik."

Qin Mu Gong sangat kecewa setelah mendengarnya, tapi kemudian Bo Le melanjutkan perkataannya: "Namun, saya tahu ada seorang pria bernama Jiu Fang Gao, pengetahuan tentang kuda dan kemampuannya memilih kuda sama dengan saya, Anda dapat bertemu dengannya."

Qin Mu Gong segera mencari Jiu Fang Gao dan mengutusnya untuk mencari Qianlima. Setelah tiga bulan, Jiu Fang Gao kembali dan laporan kepada Qin Mu Gong: "Saya menemukan Qianlima, di bukit pasir selatan.". Qin Mu Gong dengan gembira, lekas bertanya: "Bagaimana jenis kuda itu?". Jiu Fang Gao menjawab: "Seekor kuda betina, warna bulunya kuning.”. Qin Mu Gong segera mengirim orang untuk membawa kuda itu pulang, tetapi ketika dia melihat ternyata Qianlima adalah seekor kuda hitam! Dia sangat marah, dan memanggil Bo Le lalu bertanya: “Sangat payah! Jiu Fang Gao yang kamu rekomendasikan, tidak dapat membedakan bahkan warna bulu kuda dan jenis kelaminnya, bagaimana bisa menemukannya Qianlima?”. Bo Le menghela napas dan berkata pelan pelan: “Ah! Aku tidak terpikir kemampuannya seperti itu, bahkan melebihi saya! sekarang, dia mengamati kuda tidak lagi melihat dari penampilan eksternalnya, tetapi memahami kuda dengan ilham intrinsik alam hatinya, boleh dikatakan yaitu dia mencapai level yang tidak dipengaruhi oleh ciri khusus ekternalnya dan memahami karakteristik Kuda. Seperti dia mengenali kemampuan kuda melebihi ahli pengamat kuda. Sekarang Anda dapat membiarkan kuda itu berlari, akhirnya Anda akan mengetahui kemampuan Jiu Fang Gao tentang kuda.”. Qin Mu Gong dengan setengah curiga setengah percaya melepaskan kuda itu, ternyata, dalam waktu tidak sampai sepuluh detik, kuda itu lari keluar dari pagar istana, menjadi titik hitam kecil di kejauhan.

㈢ 名詞解釋
míng cí jiě shì

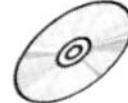

	生詞	漢語拼音	解釋
1	馬廄	mǎjiù	kandang kuda
2	豢養	huànyǎng	memelihara
3	稀有	xīyǒu	langka
4	探尋	tànxún	mencari
5	尋覓	xúnmì	menemukan
6	骨骼	gǔgé	tulang
7	外觀	wàiguān	pandangan luar
8	判斷	pànduàn	memutuskan
9	輕快	qīngkuài	sigap/ringan
10	塵土	chéntǔ	debu
11	蹄印	tíyìn	jejak tapak
12	無奈	wúnài	tak berdaya
13	頂多	dǐngduō	paling banyak
14	連忙	liánmáng	segera
15	沙丘	shāqiū	bukit pasir
16	喜出望外	xǐchūwàngwài	gembira diluar dugaan
17	質問	zhíwèn	bertanya
18	糟糕	zāogāo	payah
19	推薦	tuījiàn	rekomendasi
20	本質	běnzhí	sifat alam
21	特徵	tèzhēng	ciri khas, fitur
22	懷疑	huáiyí	curiga

二、小青蛙的天堂
xiǎo qīngwā de tiāntáng

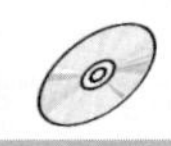

(一) 文章
wénzhāng

在一個破敗的淺井裡，住著一隻快樂的
zài yíge pòbài de qiǎnjǐng lǐ ， zhùzhe yìzhī kuàilè de

小青蛙。牠有時大聲地唱著歌，有時跳出
xiǎoqīngwā 。 tā yǒushí dàshēng de chàngzhe gē ， yǒushí tiàochū

水井享受陽光。日子就這樣一天天過去，
shuǐjǐng xiǎngshòu yángguāng 。 rìzi jiù zhèyàng yìtiāntiān guòqù ，

牠覺得每天都很開心、很充實！有一天，當
tā juéde měitiān dōu hěn kāixīn 、 hěn chōngshí ！ yǒuyìtiān ， dāng

小青蛙正在曬太陽時，一個龐大的身影遮住
xiǎoqīngwā zhèngzài shàitàiyáng shí ， yíge pángdà de shēnyǐng zhēzhù

了光線，讓牠好奇地爬了起來，想看看到底
le guāngxiàn ， ràng tā hàoqí de pále qǐlái ， xiǎng kànkàn dàodǐ

是誰擋住了牠的陽光。這一看才知道，原來
shì shuí dǎngzhù le tā de yángguāng 。 zhè yíkàn cái zhīdào ， yuánlái

是遠從東海來的大鱉，大鱉正要去拜訪住在
shì yuǎncóng Dōnghǎi lái de dàbiē ， dàbiē zhèngyào qù bàifǎng zhùzài

西邊森林裡的朋友。由於走了好幾天的路，
xībiān sēnlín lǐ de péngyǒu 。 yóuyú zǒule hǎojǐtiān de lù ，

所以想坐下來休息，於是大鱉就跟小青蛙聊了
suǒyǐ xiǎng zuòxiàlái xiūxí ， yúshì dàbiē jiù gēn xiǎoqīngwā liáole

起來。
qǐlái 。

小青蛙很高興能遇到新朋友，便開心地
xiǎoqīngwā hěn gāoxìng néng yùdào xīn péngyǒu ， biàn kāixīn de

分享 自己的 生活 ：「我每天都過得好快樂啊！
fēnxiǎng zìjǐ de shēnghuó ：「wǒ měitiān dōu guòde hǎo kuàilè a ！

我跟你說，你眼前的這口井就是我家，這整個
wǒ gēn nǐ shuō ， nǐ yǎnqián de zhèkǒujǐng jiù shì wǒ jiā ， zhè zhěngge

井都是我一個人的，住在這個井裡，實在是既
jǐng dōushì wǒ yígerén de ， zhù zài zhège jǐnglǐ ， shízài shì jì

方便 又舒適！在井裡，我可以游泳，可以泡泡
fāngbiàn yòu shūshì ！ zài jǐnglǐ ， wǒ kěyǐ yóuyǒng ， kěyǐ pàopào

泥巴浴；想 出門看看世界時，一跳就跳出來
níbā yù ； xiǎng chūmén kànkàn shìjiè shí ， yítiào jiù tiàochūlái

了，便利極了！森林裡可以說沒有人比我過得
le ， biànlì jí le ！ sēnlín lǐ kěyǐ shuō méiyǒurén bǐ wǒ guòde

更 愜意了！今天您遠道而來，我就帶您 參觀
gèng qièyì le ！ jīntiān nín yuǎndàoérlái ， wǒ jiù dài nín cānguān

參觀 我住的天堂吧！」大鱉欣然同意，立刻
cānguān wǒ zhù de tiāntáng ba ！」 dàbiē xīnrán tóngyì ， lìkè

把腳跨進了小青蛙的家，但牠的左腳還沒踏進
bǎ jiǎo kuàjìn le xiǎoqīngwā de jiā ， dàn tā de zuǒjiǎo háiméi tàjìn

井裡，右腳就被井底的泥巴卡住了，最後只好
jǐnglǐ ， yòujiǎo jiù bèi jǐngdǐ de níbā kǎzhù le ， zuìhòu zhǐhǎo

失望 地抽回 右腳。小青蛙 難過極了，大鱉爲了
shīwàng de chōuhuí yòujiǎo 。 xiǎoqīngwā nánguò jí le ， dàbiē wèile

安慰牠，便和牠 分享 自己住的東海 ：「這海
ānwèi tā ， biàn hàn tā fēnxiǎng zìjǐ zhù de Dōnghǎi ：「 zhè hǎi

啊，一眼望過去，根本就看不到邊際，我估計那
a ， yìyǎn wàngguòqù ， gēnběn jiù kànbúdào biānjì ， wǒ gūjì nà

海的寬度也許 超過 一千公里吧！至於深度呢，
hǎi de kuāndù yěxǔ chāoguò yìqiān gōnglǐ ba ！ zhìyú shēndù ne ，

我 想 就算把喜馬拉雅山放下去也是 綽綽有餘
wǒ xiǎng jiùsuàn bǎ Xǐmǎlāyǎshān fàngxiàqù yěshì chuòchuòyǒuyú

的。我還觀察到了一個現象，就是啊，不管
de 。wǒ hái guānchá dào le yíge xiànxiàng ，jiù shì a ，bùguǎn

陸地上發生了旱災或是水災，那海的水也都絲毫
lùdìshàng fāshēng le hànzāi huòshì shuǐzāi ，nà hǎi de shuǐ yě dōu sīháo

不受影響；年年歲歲都是這樣，既不增加也
búshòu yǐngxiǎng ；niánniánsuìsuì dōu shì zhèyàng ，jì bù zēngjiā yě

不減少，你說，神不神奇？我啊，每天就望著
bù jiǎnshǎo ，nǐ shuō ，shénbùshénqí ？wǒ a ，měitiān jiù wàngzhe

日升，又看著日落，美景當前，眞是非常地
rìshēng ，yòu kànzhe rìluò ，měijǐng dāngqián ，zhēnshì fēicháng de

滿足啊！」說完，大鱉就一臉陶醉地開始打起了
mǎnzú a ！」shuōwán ，dàbiē jiù yìliǎn táozuì de kāishǐ dǎqǐ le

盹，而小青蛙則是聽得目瞪口呆，對這些從來
dǔn ，ér xiǎoqīngwā zéshì tīngde mùdèngkǒudāi ，duì zhèxiē cónglái

沒見過的景象，一句話也說不上來。
méijiànguò de jǐngxiàng ，yíjùhuà yě shuōbúshànglái 。

Surga si Katak Kecil

Di dalam sumur dangkal yang bobrok, tinggal seekor katak kecil yang gembira. Kadang dia dengan suara keras menyanyikan sebuah lagu, kadang dia melompat keluar sumur dan menikmati sinar matahari. Dengan demikian hari berlalu, dia merasa setiap harinya sangat gembira dan sangat penuh dengan kebahagiaan! Suatu hari, ketika katak kecil sedang berjemur matahari, ada sebuah bayangan besar menutupi cahayanya, membuatnya dengan penasaran naik keatas sumur, ingin melihat siapa yang memblokir sinar mataharinya. Setelah melihat barulah dia tahu, seekor penyu besar dari Lautan Timur, penyu hendak mengunjungi teman yang tinggal di hutan bagian sisi barat. Karena sudah berjalan beberapa hari, maka si penyu ingin duduk beristirahat, lalu si penyu dan katak kecil mulai mengobrol.

Katak kecil sangat senang dapat bertemu teman baru, dengan gembira dia berbagi cerita kehidupannya sendiri: “Setiap hari hidup saya terlewati dengan sangat senang, aku beritahu kamu, sumur di depan mata mu ini adalah rumah saya, seluruh sumur ini adalah milik saya seorang, tinggal disini sangat mudah dan nyaman! Di dalam sumur, saya dapat berenang, dapat mandi berendam lumpur; ketika ingin pergi keluar dan melihat dunia, saya loncat untuk keluar, sangat mudah! Di dalam hutan dapat dikatakan tidak ada seorangpun bisa hidup lebih nyaman daripada saya! Hari ini anda datang dari jauh, saya akan membawa Anda untuk mengunjungi tempat tinggal saya yang seperti surga!". Penyu besar dengan gembira langsung menyetujuinya, dan segera melangkahkan kakinya ke rumah katak kecil, tapi sebelum kaki kiri memasuki sumur, kaki kanan terjebak di dalam lumpur dasar sumur, pada akhirnya dengan kecewa si penyu menarik kaki kanannya. Katak kecil sangat sedih, untuk menghibur katak kecil penyu besar lalu berbagi kehidupannya di Lautan Timur: "Laut ini, sekilas pandang, tak terlihat perbatasannya, saya perkirakan lebarnya laut itu mungkin lebih dari seribu kilometer! Adapun kedalaman laut itu, saya pikir bahkan gunung Himalaya ditaruhpun tidak mencukupi. Saya juga mengamati sebuah fenomena, betul, tidak peduli di daratan terjadi kekeringan kemarau atau kebanjiran, air laut sedikitpun tidak terpengaruh; setiap tahun sedemikian rupa, tidak menambah atau bekurang, kamu bilang bukankah itu menakjubkan? Saya setiap hari melihat matahari terbit, dan melihat matahari terbenam, menikmati pemandangan yang sangat indah ini, benar-benar sangat puas!". Selesai berbicara, penyu besar terlihat mabuk terpikat dan mulai mengantuk, katak kecil mendengarkan ceritanya dengan wajah heran dan bingung, ia tidak pernah melihat fenomena seperti ini, tidak dapat mengatakan sepatah kata pun.

(三) 名詞解釋 míng cí jiě shì

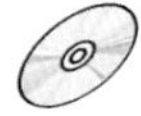

	生詞	漢語拼音	解釋
1	破敗	pòbài	bobrok
2	充實	chōngshí	penuh (perasaan)
3	鱉	biē	penyu
4	方便	fāngbiàn	praktis/mudah
5	舒適	shūshì	nyaman
6	泥巴	níbā	lumpur
7	便利	biànlì	kemudahan
8	愜意	qièyì	nyaman
9	天堂	tiāntáng	surga
10	欣然	xīnrán	dengan senang
11	安慰	ānwèi	menghibur
12	邊際	biānjì	perbatasan
13	估計	gūjì	perkiraan
14	綽綽有餘	chuòchuòyǒuyú	lebih dari cukup
15	現象	xiànxiàng	fenomena
16	旱災	hànzāi	bencana kemarau
17	水災	shuǐzāi	bencana banjir
18	陶醉	táozuì	mabuk terpikat
19	打盹	dǎdǔn	mengantuk
20	乾涸	gānhé	mengering
21	震驚	zhènjīng	terkejut

三、不吵不相識
bù chǎo bù xiāngshí

(一) 文章
wénzhāng

兩千 兩百多年前，中國 正處於戰國時期，那個時候的 中國 由七個小國所組成 ：齊國、楚國、秦國、燕國、韓國、趙國 和魏國。這七個小國相互 競爭 ，彼此對立，因爲各國的君王都想統一 中國 。在這些國家 中 ，秦國最 強盛 ，它總是不斷地攻打其他的國家， 想要 擴張 自己的領土。

liǎngqiān liǎngbǎi duō nián qián ， Zhōngguó zhèng chǔyú Zhànguóshíqī ， nàge shíhòu de Zhōngguó yóu qīge xiǎoguó suǒ zǔchéng ： Qíguó 、 Chǔguó 、 Qínguó 、 Yànguó 、 Hánguó 、 Zhàoguó hàn Wèiguó 。 zhè qīge xiǎoguó xiānghù jìngzhēng ， bǐcǐ duìlì ， yīnwèi gèguó de jūnwáng dōu xiǎng tǒngyī Zhōngguó 。 zài zhèxiē guójiā zhōng ， Qínguó zuì qiángshèng ， tā zǒngshì búduàn de gōngdǎ qítā de guójiā ， xiǎngyào kuòzhāng zìjǐ de lǐngtǔ 。

有一次，秦國去打趙國 ，趙國 因爲勢力較弱，所以被強大的秦國打得落花流水。 趙國的皇帝在無可奈何之下，只好派出最優秀的官員 —— 藺相如， 前往 秦國 商討 賠償問題。 沒想到 在談判的 過程 中 ，藺相如的

yǒuyícì ， Qínguó qù dǎ Zhàoguó ， Zhàoguó yīnwèi shìlì jiàoruò ， suǒyǐ bèi qiángdà de Qínguó dǎde luòhuāliúshuǐ 。 Zhàoguó de huángdì zài wúkěnàihé zhīxià ， zhǐhǎo pàichū zuì yōuxiù de guānyuán —— Lìnxiàngrú ， qiánwǎng Qínguó shāngtǎo péicháng wèntí 。 méixiǎngdào zài tánpàn de guòchéng zhōng ， Lìnxiàngrú de

聰明才智　讓 秦王 印象深刻，秦王 不但對他
cōngmíngcáizhì ràng Qínwáng yìnxiàng shēnkè ， Qínwáng búdàn duì tā
讚譽有加，還十分禮遇他。
zànyùyǒujiā ， hái shífēn lǐyù tā 。

這個消息 傳回 趙國之後，趙王 非常地
zhège xiāoxí chuánhuí Zhàoguó zhīhòu ， Zhàowáng fēicháng de
開心，也非常地欽佩藺相如，逢人便 稱讚
kāixīn ， yě fēicháng de qīnpèi Lìnxiàngrú ， féngrén biàn chēngzàn
他的外交能力。聽了皇帝的讚美，有人點頭
tāde wàijiāo nénglì 。 tīngle huángdì de zànměi ， yǒurén diǎntóu
認同，但也有人 心生不滿，地位與藺相如
rèntóng ， dàn yě yǒurén xīnshēngbùmǎn ， dìwèi yǔ Lìnxiàngrú
不相上下　的廉頗就 相當 不服氣。只要他聽到
bùxiāngshàngxià de Liánpǒ jiù xiāngdāng bùfúqì 。 zhǐyào tā tīngdào
君王 提起藺相如，就不以爲然地對 朋友們 説：
jūnwáng tíqǐ Lìnxiàngrú ， jiù bùyǐwéirán de duì péngyǒumen shuō ：
「藺相如只是口才好罷了，他懂得 帶兵 打仗
「Lìnxiàngrú zhǐshì kǒucái hǎo bàle ， tā dǒngde dàibīng dǎzhàng
嗎？這樣的人有什麼好 崇拜的！」
ma ？ zhèyàngde rén yǒu shénme hǎo chóngbài de ！」

有個人聽了廉頗的言論，非常 生氣，等
yǒugerén tīngle Liánpǒ de yánlùn ， fēicháng shēngqì ， děng
藺相如回國後，便立刻跑去跟他説廉頗的
Lìnxiàngrú huíguó hòu ， biàn lìkè pǎoqù gēn tā shuō Liánpǒde
不是。這個人原以爲藺相如聽到後，會氣得
búshì 。 zhègerén yuán yǐwéi Lìnxiàngrú tīngdào hòu ， huì qìde
火冒三丈　，但奇怪的是，藺相如只是笑了笑，
huǒmàosānzhàng ， dàn qíguàide shì ， Lìnxiàngrú zhǐshì xiàolexiào ，
並沒有露出任何不悦的表情。
bìngméiyǒu lòuchū rènhé búyuè de biǎoqíng 。

那個人覺得十分疑惑，便問藺相如爲何
nàge rén juéde shífēn yíhuò ，biàn wèn Lìnxiàngrú wèihé

不生氣？藺相如心平氣和地回答：「廉頗是 趙國
bùshēngqì ？Lìnxiàngrú xīnpíngqìhé de huídá ：「Liánpǒ shì Zhàoguó

最聰明、最勇猛的將軍，他的才能遠在我
zuì cōngmíng 、zuì yǒngměng de jiāngjūn ， tāde cáinéng yuǎnzài wǒ

之上，他會不服氣是應該的。現在我們的情勢
zhīshàng， tā huì bùfúqì shì yīnggāide 。xiànzài wǒmende qíngshì

相當危急，全國上下一定要團結。如果我
xiāngdāng wéijí ，quánguó shàngxià yídìng yào tuánjié 。 rúguǒ wǒ

和廉將軍現在吵起架來，不就等於給別人攻打
hàn Liánjiāngjūn xiànzài chǎoqǐjià lái ， bújiù děngyú gěi biérén gōngdǎ

趙國的好機會嗎？」
Zhàoguó de hǎojīhuì ma ？」

那人聽了藺相如的話，深受感動，於是在
nàrén tīngle Lìnxiàngrú de huà ，shēnshòu gǎndòng ， yúshì zài

離開藺相如的家之後，他便直接去拜訪廉頗，
líkāi Lìnxiàngrú de jiā zhīhòu ， tā biàn zhíjiē qù bàifǎng Liánpǒ ，

並且把剛剛藺相如說的話，一五一十地告訴了
bìngqiě bǎ gānggāng Lìnxiàngrú shuōde huà ， yīwǔyīshí de gàosù le

廉頗。廉頗聽了以後，感到既愧疚又佩服，於是
Liánpǒ 。Liánpǒ tīngle yǐhòu ，gǎndào jì kuìjiù yòu pèifú ， yúshì

他就帶著家裡的藤條，毫不猶豫地前往藺相如
tā jiù dàizhe jiālǐ de téngtiáo ， háobùyóuyùde qiánwǎng Lìnxiàngrú

家，想要親自向藺相如道歉。
jiā ，xiǎngyào qīnzì xiàng Lìnxiàngrú dàoqiàn 。

廉頗到藺相如家後，便脫去身上的衣服，
Liánpǒ dào Lìnxiàngrú jiāhòu ，biàn tuōqù shēnshàngde yīfú ，

並恭敬地將藤條交給藺相如，然後跪在地上
bìng gōngjìng de jiāng téngtiáo jiāogěi Lìnxiàngrú ， ránhòu guìzài dìshàng

說：「對不起，之前由於我不了解您對國家的
shuō：「duìbùqǐ，zhīqián yóuyú wǒ bùliǎojiě nín duì guójiā de

用心，自己器量又小，所以才會說您的壞話。
yòngxīn，zìjǐ qìliàng yòuxiǎo，suǒyǐ cáihuì shuō nínde huàihuà。

現在我知道您是位有智慧又有度量的人，因此
xiànzài wǒ zhīdào nín shì wèi yǒu zhìhuì yòu yǒu dùliàngde rén，yīncǐ

特地前來向您致歉，請您打我吧！」藺相如
tèdì qiánlái xiàng nín zhìqiàn，qǐng nín dǎ wǒ ba！」Lìnxiàngrú

聽到廉頗的話後，隨即丟下那根藤條，伸出
tīngdào Liánpǒde huà hòu，suíjí diūxià nàgēn téngtiáo，shēnchū

雙手扶起跪在地上的廉頗，並對他說：「這
shuāngshǒu fúqǐ guìzài dìshàngde Liánpǒ，bìng duì tā shuō：「zhè

點小誤會沒什麼好在意的，我們都是爲了國家
diǎn xiǎowùhuì méishénme hǎozàiyìde，wǒmen dōushì wèile guójiā

好，不是嗎？」
hǎo，búshì ma？」

廉頗與藺相如在經歷了這件事之後，兩人就
Liánpǒ yǔ Lìnxiàngrú zài jīnglì le zhèjiàn shì zhīhòu，liǎngrén jiù

變成了好朋友，一起盡力保護趙國，正因
biànchéng le hǎopéngyǒu，yìqǐ jìnlì bǎohù Zhàoguó，zhèngyīn

兩人同心合力，秦國就再也不敢欺侮趙國了。
liǎngrén tóngxīnhélì，Qínguó jiù zài yě bùgǎn qīwǔ Zhàoguó le。

Tidak bertengkar maka tak saling kenal

Dua ribu dua ratus tahun yang lalu, negara China dalam keadaan Perang dimana-mana, saat itu China terdiri dari tujuh negara kecil: Negara Qi, Negara Chu, Negara Qin, Negara Yan, Negara Han, Negara Zhao dan Negara Wei. Tujuh negara kecil ini saling bersaing, masing-masing negara yang mandiri, karena raja tujuh negara itu masing-masing ingin menyatukan Tiongkok. Diantara negara-negara ini, negara yang paling kuat adalah negara Qin, demikian Qin selalu terus menyerang negara-negara lain ingin memperluas wilayah mereka.

Suatu hari, negara Qin menyerang negara Zhao, karena pasukan negara Zhao lebih lemah, Dengan demikian maka dihancurkan oleh tentara negara Qin yang begitu kuat. Maka negara Zhao di kalahkan oleh negara Qin. Kaisar Zhao tanpa daya, mengirimkan pejabat yang paling unggul bernama Lin Xiang Ru ke negara Qin untuk membahas masalah kompensasi. Tidak diduga dalam proses negosiasi, kecerdikan dan keluwesan Lin Xiang Ru membuat raja Qin terkesan, sehingga raja Qin tidak hanya amat memuji Lin, tetapi juga sangat ramah dan sopan terhadapnya.

Kabar ini meluas di negara Zhao, raja Zhao sangat senang, juga sangat mengagumi Lin Xiang Ru. Setiap orang selalu memuji mengenai kemampuan diplomatik Lin Xiang Ru. Mendengarkan pujian dari kaisar, ada orang yang bersependapat, tetapi ada juga orang yang merasa tidak setuju, apalagi posisi yang sebanding dengan Lin yaitu Lian Po sangat tidak puas menerimanya. Jika ia mendengar raja menyebut kehebatan Lin Xiang Ru, dengan merasa tidak demikian mengatakan kepada teman-temannya: “Lin Xiang Ru hanya mempunyai kefasihan dan kelancaran berbicara, tahukah dia cara memimpin pasukan ketika perang? Apa yang patut dipuja dari orang seperti itu!”.

Ada seorang pria mendengar kata-kata Lian po, amat marah, ketika Lin Xiang Ru kembali, langsung mengadu kepada Lin Xiang Ru. Pria ini kiranya setelah Lin Xiang Ru mendengarnya pasti akan sangat marah, tapi anehnya, Lin Xiang Ru hanya tersenyum dan tidak menunjukkan ekspresi ketidaksenangan.

Orang itu merasa sangat heran, lalu bertanya kepada Lin Xiang Ru, mengapa ia tidak marah. Lin Xiang Ru dengan tenangnya menjawab: “Lian Po adalah jenderal yang paling cerdas dan paling berani, bakatnya jauh di atas saya, dia tidak terima itu adalah wajar. Sekarang situasi negara kita sangat krisis, seluruh negeri harus berada di bawah kesatuan. Jika saya dan jenderal Lian Po sekarang bertengkar, bukankah itu berarti memberi orang lain kesempatan baik untuk menyerang negara Zhao?".

Pria itu sangat terharu mendengar kata-kata Lin, setelah meninggalkan rumah Lin Xiang Ru, ia pergi untuk langsung mengunjungi Lian Po, untuk memberitahu kepada Lian Po apa yang dia dengar dari Lin tadi. Setelah Lian Po mendengar, ia merasa bersalah dan mengagumi Lin Xiang Ru, lalu dia mengambil tongkat rotan di rumah, dengan tidak ragu-ragu menuju ke rumah Lin Xiang Ru, ingin secara pribadi meminta maaf kepada Lin Xiang Ru.

Lian Po ke rumah Lin Xiang Ru, ia melepas pakaiannya, dan dengan hormat menyerahkan rotan kepada Lin Xiang Ru, kemudian berlutut dan berkata: "Maaf, saya tidak tahu niat Anda kepada negara sebelumnya, karena toleransi saya juga kecil, pernah mengatakan kata-kata buruk tentang Anda. Sekarang saya tahu Anda adalah seorang yang pandai dan juga bertoleransi, karena ini saya datang kesini khusus untuk meminta maaf kepada Anda, silakan Anda memukul saya!". Lin Xiang Ru setelah mendengar kata-kata Lian Po, kemudian langsung meletakkan tongkat rotan, mengulurkan kedua tangannya membantu Lian Po yang sedang berlutut di lantai berdiri dan berkata: “Ini sedikit kesalahpahaman tidak perlu dimasukan ke hati, kita semua kerja untuk kebaikan negara, bukankah begitu?”.

Lian Po dan Lin Xiang Ru setelah mengalami kejadian ini, mereka menjadi teman baik, bersama sekuat tenaga melindungi negara Zhao, karena mereka bersatu, sehingga negara Qin tidak mengganggu negara Zhao lagi.

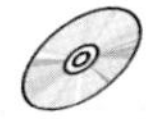

	生詞	漢語拼音	解釋
1	強盛	qiángshèng	jaya
2	擴張	kuòzhāng	ekspansi
3	落花流水	luòhuāliúshuǐ	babak belur
4	無可奈何	wúkěnàihé	tak berdaya
5	商討	shāngtǎo	membahas/diskusi
6	賠償	péicháng	kompensasi
7	談判	tánpàn	negosiasi
8	禮遇	lǐyù	sambutan sopan
9	欽佩	qīnpèi	mengagumi
10	服氣	fúqì	menerima
11	心生不滿	xīnshēngbùmǎn	hati merasa tidak puas

	生詞	漢語拼音	解釋
12	不以為然	bùyǐwéirán	tidak merasa demikian
13	火冒三丈	huǒmàosānzhàng	geram
14	心平氣和	xīnpíngqìhé	hati damai tenang
15	團結	tuánjié	bersatu
16	一五一十	yīwǔyīshí	dijalankan secara sistimatikal dan detail dari awal sampai akhir
17	愧疚	kuìjiù	merasa bersalah
18	佩服	pèifú	salut
19	藤條	téngtiáo	tongkat rotan
20	毫不猶豫	háobùyóuyù	dengan tidak ragu
21	跪	guì	berlutut
22	器量	qìliàng	kebesaran hati
23	度量	dùliàng	kelapangan dada (toleransi)
24	誤會	wùhuì	salah paham
25	同心合力	tóngxīnhélì	kompak bekerjasama
26	欺侮	qīwǔ	menggertak, mengganggu

四、不知變通的鄭國人
bù zhī biàntōng de Zhèngguórén

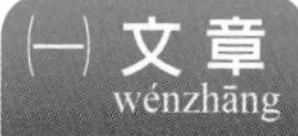

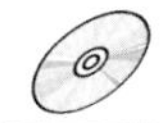

每個人 難免 都會 遇到 腦筋 轉不過來，或是
měigerén nánmiǎn dōuhuì yùdào nǎojīn zhuǎnbúguòlái ， huòshì

事情 怎麼想 也 想不通 的 時候！其實，這時
shìqíng zěnmexiǎng yě xiǎngbùtōng de shíhòu ！ qíshí ， zhèshí

只要 有人 稍微 提點 我們 一下，就能 輕鬆 走出
zhǐyào yǒurén shāowéi tídiǎn wǒmen yíxià ， jiùnéng qīngsōng zǒuchū

死胡同 了。但是，如果 眞 碰上 了 固執的人，
sǐhútóng le 。 dànshì ， rúguǒ zhēn pèngshàng le gùzhí de rén ，

任憑 旁人 說破了嘴，也是 改變 不了 他們的 想法
rènpíng pángrén shuōpòlezuǐ ， yěshì gǎibiàn bùliǎo tāmende xiǎngfǎ

的。現在，我們 就來 看看 一個 堅持己見， 完全
de 。 xiànzài ， wǒmen jiùlái kànkàn yíge jiānchíjǐjiàn ， wánquán

不知變通，而 淪爲笑柄 的 故事。
bùzhībiàntōng ， ér lúnwéixiàobǐng de gùshì 。

在 戰國 時期， 鄭國 有 一個 非常 忠厚 、
zài Zhànguó shíqí ， Zhèngguó yǒu yíge fēicháng zhōnghòu 、

老實 的 男子。他 雖然 不笨，可是 在 處理 事情 的
lǎoshí de nánzǐ 。 tā suīrán búbèn ， kěshì zài chǔlǐ shìqíng de

時候，總是 和 常人 的 方法 不一樣，而且 從 不聽
shíhòu ， zǒngshì hàn chángrén de fāngfǎ bùyíyàng ， érqiě cóng bùtīng

他人 的 意見，老是 依著 自己 的 想法 來 做事。
tārén de yìjiàn ， lǎoshì yīzhe zìjǐ de xiǎngfǎ lái zuòshì 。

有一天 下午，這個 男子 看著 自己 腳上 的
yǒuyìtiān xiàwǔ ， zhège nánzǐ kànzhe zìjǐ jiǎoshàng de

鞋，又破又髒，心想確實是該換雙新鞋了。
xié ， yòupò yòuzāng ， xīnxiǎng quèshí shì gāi huànshuāng xīnxié le 。

於是，便決定到市場買雙新鞋。出發前，
yúshì ， biàn juédìngdào shìchǎng mǎi shuāng xīnxié 。 chūfā qián ，

他把舊鞋放在一張白紙上，一手按著鞋，一手
tā bǎ jiùxié fàngzài yìzhāng báizhǐ shàng ， yìshǒu ànzhe xié ， yìshǒu

拿著筆沿著鞋邊細心地描畫。描完後，他開心
názhe bǐ yánzhe xiébiān xìxīn de miáohuà 。 miáowánhòu ， tā kāixīn

地笑了，因爲他想，這樣一來，就可以直接拿著
de xiàole ， yīnwèi tā xiǎng ， zhèyàngyìlái ， jiù kěyǐ zhíjiē názhe

那張紙，告訴鞋店老闆，他要買多大的鞋。
nàzhāngzhǐ ， gàosù xiédiàn lǎobǎn ， tā yàomǎi duōdà de xié 。

男子愈想愈得意，覺得自己眞是太聰明
nánzǐ yù xiǎng yù déyì ， juéde zìjǐ zhēnshì tài cōngmíng

了，於是匆匆穿上舊鞋，急忙忙地出門，
le ， yúshì cōngcōng chuānshàng jiùxié ， jímángmáng de chūmén ，

結果，沒想到，這一得意竟把原本拿在手上
jiéguǒ ， méixiǎngdào ， zhè yìdéyì jìng bǎ yuánběn názài shǒushàng

的紙隨手一放，人就出門了。當他快步走到
de zhǐ suíshǒu yífàng ， rén jiù chūmén le 。 dāng tā kuàibù zǒudào

鞋店時，立刻大聲地對老闆誇耀，自己幫
xiédiàn shí ， lìkè dàshēng de duì lǎobǎn kuāyào ， zìjǐ bāng

老闆省了個麻煩，不用再拿出好幾雙鞋子，讓
lǎobǎn shěnglege máfán ， búyòng zài náchū hǎojǐshuāng xiézi ， ràng

他一雙雙試穿了，因爲他想了個聰明的
tā yìshuāngshuāng shìchuān le ， yīnwèi tā xiǎnglege cōngmíngde

辦法！
bànfǎ ！

話才剛說完，男子就開始東摸摸西找找，
huà cáigāng shuōwán ， nánzǐ jiù kāishǐ dōngmōmō xīzhǎozhǎo ，

想掏出那張紙來炫耀。但是，找來找去就是
xiǎng tāochū nàzhāngzhǐ lái xuànyào 。 dànshì ， zhǎoláizhǎoqù jiùshì

找不到。最後，他只好向老闆道歉，然後懊惱
zhǎobúdào 。 zuìhòu ， tā zhǐhǎo xiàng lǎobǎn dàoqiàn ， ránhòu àonǎo

地跑回家去，結果一到家，就發現那張紙原來
de pǎohuíjiāqù ， jiéguǒ yídàojiā ， jiù fāxiàn nàzhāngzhǐ yuánlái

好端端地躺在桌上，這讓他覺得又好氣
hǎoduānduān de tǎngzài zhuōshàng ， zhè ràng tā juéde yòuhǎoqì

又好笑。沒辦法，爲了盡快買到鞋子，他只好
yòuhǎoxiào 。 méibànfǎ ， wèile jìnkuài mǎidào xiézi ， tā zhǐhǎo

拿著那張紙，再跑一趟鞋店。
názhe nàzhāngzhǐ ， zài pǎoyítàng xiédiàn 。

由於一來一回耗掉了不少時間，男子怕
yóuyú yìláiyìhuí hàodiào le bùshǎo shíjiān ， nánzǐ pà

鞋店就要關門了，所以跑得快極了。等他到了
xiédiàn jiùyào guānmén le ， suǒyǐ pǎode kuàijíle 。 děng tā dàole

鞋店門口，早已氣喘吁吁，上氣不接下氣！但
xiédiàn ménkǒu ， zǎoyǐ qìchuǎnxūxū ， shàngqìbùjiēxiàqì ！ dàn

鞋店還是打烊了，這時，只見男子拿著那張
xiédiàn háishì dǎyáng le ， zhèshí ， zhǐjiàn nánzǐ názhe nàzhāng

描好鞋底的紙，呆呆地站在鞋店門口。路過
miáohǎo xiédǐ de zhǐ ， dāidāi de zhànzài xiédiàn ménkǒu 。 lùguò

的人看見他動也不動，便好奇地問他發生了
de rén kànjiàn tā dòngyěbúdòng ， biàn hàoqí de wèn tā fāshēng le

什麼事，他便將事情的經過完完整整說了
shénmeshì ， tā biànjiāng shìqíng de jīngguò wánwánzhěngzhěng shuōle

一遍，路人聽完後，百般不解地問他：「你忘了
yíbiàn ， lùrén tīngwánhòu ， bǎibānbùjiě de wèn tā ： 「 nǐ wàngle

帶手上這張紙，也沒關係啊！你直接試穿
dài shǒushàng zhèzhāng zhǐ ， yě méiguānxi a ！ nǐ zhíjiē shìchuān

不就行了嗎？」沒想到 他還是反應不過來，竟
bújiùxínglema ？」méixiǎngdào tā háishì fǎnyìng búguòlái ，jìng

回答路人說：「那可不行！因爲我 這雙 舊鞋
huídá lùrén shuō：「nàkěbùxíng ！yīnwèi wǒ zhèshuāng jiùxié

的尺寸 剛剛好 ，穿起來舒服極了，如果不照這
de chǐcùn gānggānghǎo ，chuānqǐlái shūfújíle ，rúguǒ búzhào zhè

尺寸買，肯定會磨腳的！所以我一定要回去拿
chǐcùn mǎi ，kěndìng huì mójiǎode ！suǒyǐ wǒ yídìng yào huíqù ná

才行！」
cáixíng！」

Orang Zheng yang tidak tahu fleksibilitas

Semua orang pasti pernah mengalami saat otak tidak dapat berfikir dengan jernih, atau menghadap masalah bagaimanapun berpikir tetap buntu! Sebenarnya, jika pada saat itu ada seseorang mengingatkan kita, kita pasti dapat dengan mudah bisa keluar dari jalan buntu. Namun, jika Anda benar-benar bertemu orang yang keras kepala, biarkan orang lain menasehati sehingga mulutnya pecah, tetapi juga tidak dapat mengubah pemikirannya. Sekarang, mari kita lihat lelucon dari sebuah cerita, tentang orang yang benar-benar keras kepala dan tidak fleksibel.

Pada waktu jaman peperangan negara-negara, negara Zheng ada seorang pria yang sangat setia dan jujur. Meskipun ia tidak bodoh, tetapi ketika berhadapan dengan suatu masalah, selalu melakukan dengan cara yang berbeda dari orang biasanya, dan juga tidak mendengarkan saran dari orang lain, setiap kali melakukan hal sesuai dengan pemikiran sendiri.

Pada suatu hari sore, pria negara Zheng ini melihat sepatu di atas kaki sendiri terlihat sudah usang dan kotor, berpikir sudah semestinya ia membeli sepasang sepatu baru. Demikian, ia memutuskan untuk pergi ke pasar untuk membeli sepasang sepatu baru. Sebelum berangkat, ia meletakkan sepatu lamanya diatas sehelai kertas putih, satu tangan menekan sepatu, satu tangan memegang pena, dengan hati-hati menggambar jiplakan sepatu diatas kertas. Setelah selesai menggambar, ia tertawa dengan senang, dia berfikir dengan seperti ini ia dapat langsung membawa kertas ini memberitahu pemilik toko sepatu ukuran sepatu yang ingin dia beli.

Pria ini merasa bangga dengan ide sendiri dan merasa dirinya begitu cerdas, karena ia terburu-buru untuk memakai sepatu lamanya. Akhirnya, tidak terpikir, pria ini karena merasa dirinya begitu cerdas sehingga meletakkan kertas lupa membawa kertas ukuran sepatu dengan tangan kosong keluar rumah. Ketika tiba di toko sepatu, ia dengan suara nyaring berbicara kepada pemilik toko sepatu, menyombongkan diri ia membantu bos meringankan masalah. Tidak perlu mengeluarkan beberapa pasang sepatu untuk ia coba karena dia dapat terpikir cara yang pandai.

Baru selesai bicara, pria itu mulai sibuk mencari kesana kesini selembar kertas yang ingin dia gunakan untuk dipamerkan. Namun, setelah dicari-cari tidak ditemukan olehnya. Akhirnya, ia hanya dapat meminta maaf kepada bos, lalu lari pulang dengan kecewa, alhasil setiba dirumah, ia menemukan kertas itu tergeletak di atas meja. Ia merasa senang dan lucu. Tidak ada cara lain, untuk membeli sepatu secepatnya ia harus mengambil kertas, pergi lagi lah dia ke toko sepatu.

Karena perjalanan bolak balik menghabiskan waktu, pria itu takut toko sepatu akan tutup, maka dari itu ia berlari dengan amat cepat. Setiba dia ketoko sepatu itu, sudah terengah-engah, hampir kehabisan napas! Tetapi ternyata toko sepatunya sudah tutup, pada saat itu, ia hanya bisa memegang kertas itu dengan berdiri hampa di depan pintu toko sepatu. Pejalan kaki yang lewat melihat dia berdiri sedikitpun tidak bergerak, mereka heran dan bertanya apa yang telah terjadi, ia menceritakan dari awal sampai akhir. Pejalan kaki setelah mendengarkannya. dengan bingung dan bertanya kepadanya: "Kamu lupa membawa kertas ini juga tidak masalah! Bukannya kamu bisa langsung mencobanya?". Diluar dugaan, dia tidak bereaksi, menjawab kepada pejalan: "Tidak bisa seperti itu! Karena ukuran sepatu lama saya sangat pas, sangat nyaman dipakainya, jika saya tidak membeli dengan ukuran ini tentu akan membuat kaki saya luka! Jadi saya harus kembali kerumah untuk mengambilnya!".

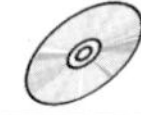

	生詞	漢語拼音	解釋
1	腦筋	nǎojīn	otak
2	提點	tídiǎn	mengingatkan
3	輕鬆	qīngsōng	santai
4	固執	gùzhí	keras kepala
5	堅持	jiānchí	bersikeras
6	胡同	hútóng	lorong

	生詞	漢語拼音	解釋
7	任憑	rènpíng	meskipun
8	笑柄	xiàobǐng	bahan tertawaan
9	忠厚	zhōnghòu	jujur dan baik
10	老實	lǎoshí	jujur
11	描畫	miáohuà	menggambar
12	得意	déyì	dengan bangga
13	誇耀	kuāyào	menyombongkan
14	麻煩	máfán	menyusahkan, menyulitkan
15	掏	tāo	merogoh
16	懊惱	àonǎo	menyesal dan kesal
17	盡快	jìnkuài	segera mungkin
18	氣喘吁吁	qìchuǎnxūxū	kehabisan nafas
19	打烊	dǎyáng	tutup (toko)
20	好奇	hàoqí	penasaran
21	完整	wánzhěn	lengkap
22	直接	zhíjiē	langsung
23	反應	fǎnyìng	reaksi
24	舒服	shūfú	nyaman

五、天才長大了之後……
tiāncái zhǎngdà le zhīhòu

(一) 文章
wénzhāng

一千多年以前，在中國的宋朝，有一個
yìqiān duōnián yǐqián，zài Zhōngguó de Sòngcháo，yǒu yíge
名叫金谿的小村子。村子裡的居民大多都是
míngjiào Jīnxī de xiǎo cūnzi。cūnzi lǐ de jūmín dàduō dōu shì
農夫，正因爲世世代代都以務農爲生，所以
nóngfū，zhèng yīnwèi shìshìdàidài dōu yǐ wùnóng wéishēng，suǒyǐ
幾乎都沒上過學，也沒讀過書。
jīhū dōu méi shàngguòxué，yě méi dú guòshū。

有一天，奇怪的事發生了。在這個沒什麼
yǒuyìtiān，qíguài de shì fāshēng le。zài zhège méi shénme
讀書風氣的地方，竟然出現了一個愛讀書的
dúshū fēngqì de dìfāng，jìngrán chūxiàn le yíge ài dúshū de
孩子。這個孩子名叫方仲永，據說他五歲的
háizi。zhège háizi míngjiào Fāngzhòngyǒng，jùshuō tā wǔsuì de
時候，就向他爸媽吵著說他想要紙和筆，他
shíhòu，jiù xiàng tā bàmā chǎozhe shuō tā xiǎngyào zhǐ hàn bǐ，tā
的父母覺得非常驚訝，因爲仲永從來沒上
de fùmǔ juédé fēicháng jīngyà，yīnwèi Zhòngyǒng cónglái méi shàng
過學，也沒看過紙筆，怎麼會知道這些東西，
guòxué，yě méi kànguò zhǐbǐ，zěnme huì zhīdào zhèxiē dōngxi，
還能說出它們的名字呢？但是爲了不讓仲永
hái néng shuōchū tāmen de míngzì ne？dànshì wèile búràng Zhòngyǒng
一直哭，所以他的父母還是向鄰居們借了紙筆
yìzhí kū，suǒyǐ tā de fùmǔ háishì xiàng línjū men jiè le zhǐbǐ

拿給 仲 永 。
nágěi Zhòngyǒng 。

沒想到 ， 仲永 一拿到紙和筆，竟然立刻
méixiǎngdào ，Zhòngyǒng yì nádào zhǐ hàn bǐ ，jìngrán lìkè

寫出了一首詩。這首詩主要是在說照顧父母、
xiěchū le yìshǒu shī 。zhè shǒu shī zhǔyào shì zài shuō zhàogù fùmǔ 、

團結 鄉民 的 重要 ，不僅如此， 仲永 還爲這
tuánjié xiāngmín de zhòngyào ， bùjǐnrúcǐ ，Zhòngyǒng hái wèi zhè

首 詩取了一個名字。這件神奇的事 傳 遍 了 整個
shǒu shī qǔ le yíge míngzì 。zhèjiàn shénqí de shì chuánbiàn le zhěngge

金谿村，甚至連金谿附近的其他村子都 聽說
Jīnxīcūn ，shènzhì lián Jīnxī fùjìn de qítā cūnzi dōu tīngshuō

了 方仲永 的事蹟。就這樣， 仲永 的 名聲
le Fāngzhòngyǒng de shìjī 。jiù zhèyàng ，Zhòngyǒng de míngshēng

愈來愈大，大到 常常 有許多人從各地跑來
yùláiyùdà ，dà dào chángcháng yǒu xǔduō rén cóng gèdì pǎo lái

金谿村，個個都 想 認識 仲永 ，而且都 希望
Jīnxīcūn ，gègè dōu xiǎng rènshì Zhòngyǒng ，érqiě dōu xīwàng

能 親眼見到 仲永 寫詩，而 仲永 也從沒 讓
néng qīnyǎn jiàndào Zhòngyǒng xiěshī ，ér Zhòngyǒng yě cóngméi ràng

大家 失望 過。每當 有人來看他時，只要提及
dàjiā shīwàng guò 。měidāng yǒu rén lái kàn tā shí ，zhǐyào tíjí

某個物品，他就能根據那 項 物品的特質，寫出
mǒuge wùpǐn ，tā jiùnéng gēnjù nà xiàng wùpǐn de tèzhí ，xiě chū

一首優美的詩來，不僅如此，那些詩句裡還蘊含
yìshǒu yōuměi de shī lái ，bùjǐnrúcǐ ，nàxiē shījù lǐ hái yùnhán

了深刻的道理，讓人忍不住一讀再讀。
le shēnkè de dàolǐ ，ràngrén rěnbúzhù yìdúzàidú 。

來見 仲永 的人，看到他如此多才，開心
lái jiàn Zhòngyǒng de rén ，kàndào tā rúcǐ duōcái ，kāixīn

之餘，或多或少都會給他一點錢，或是買下
zhīyú ， huòduōhuòshǎo dōu huì gěi tā yìdiǎn qián ， huòshì mǎixià

他寫的詩帶回家收藏。仲永父母見到自己
tā xiě de shī dài huíjiā shōucáng 。Zhòngyǒng fùmǔ jiàndào zìjǐ

的孩子，隨隨便便寫幾個字就能賺錢，高興
de háizi ， suísuíbiànbiàn xiě jǐge zì jiù néng zuànqián ， gāoxìng

極了！以前他們兩夫妻辛辛苦苦下田耕作，
jí le ！ yǐqián tāmen liǎng fūqī xīnxīnkǔkǔ xiàtián gēngzuò ，

早出晚歸，但賺的錢可真是少得可憐！於是
zǎochūwǎnguī ， dàn zuàn de qián kě zhēnshì shǎode kělián ！ yúshì

他們便決定不再下田了，一家就靠仲永的詩
tāmen biàn juédìng búzài xiàtián le ， yìjiā jiù kào Zhòngyǒng de shī

來賺錢。從那時起，只見仲永的父親整天
lái zuànqián 。cóng nàshí qǐ ， zhǐjiàn Zhòngyǒng de fùqīn zhěngtiān

帶著仲永在金谿村或是附近的村莊炫耀
dàizhe Zhòngyǒng zài Jīnxīcūn huòshì fùjìn de cūnzhuāng xuànyào

仲永的才華，希望利用仲永的聰明才智來
Zhòngyǒng de cáihuá ， xīwàng lìyòng Zhòngyǒng de cōngmíngcáizhì lái

使整個家庭愈來愈富有。
shǐ zhěngge jiātíng yùláiyù fùyǒu 。

由於跟著父親整天在外頭奔跑，仲永
yóuyú gēnzhe fùqīn zhěngtiān zài wàitóu bēnpǎo ， Zhòngyǒng

並沒有機會進學校好好念書。在荒廢學習
bìng méiyǒu jīhuì jìn xuéxiào hǎohǎo niànshū 。 zài huāngfèi xuéxí

的情況下，仲永寫的詩便日漸乏味了。到了
de qíngkuàng xià ，Zhòngyǒng xiě de shī biàn rìjiàn fáwèi le 。 dàole

十二、十三歲時，他的作品已經不堪一讀。而
shíèr 、 shísān suì shí ， tā de zuòpǐn yǐjīng bùkān yìdú 。 ér

到了二十歲左右，仲永竟然和金谿村裡沒有
dàole èrshí suì zuǒyòu ，Zhòngyǒng jìngrán hàn Jīnxīcūn lǐ méiyǒu

上　過學、念過書的農夫一樣普通，所以也不再
shàngguòxué 、 niànguòshū de nóngfū yíyàng pǔtōng ， suǒyǐ yě búzài

有人去拜訪　仲永　，或是買　仲永　寫的詩了。
yǒurén qù bàifǎngZhòngyǒng ， huòshìmǎiZhòngyǒngxiě de shī le 。

像　仲永　這樣　聰明　的孩子，原本應該
xiàng Zhòngyǒng zhèyàng cōngmíng de háizi ， yuánběn yīnggāi

擁有　大好前程　的，卻因爲父母短視近利，沒能
yōngyǒu dàhǎoqiánchéng de ， quèyīnwèi fùmǔ duǎnshìjìnlì ， méinéng

好好栽培孩子，讓孩子繼續　深造，最後白白埋沒
hǎohǎo zāipéi háizi ， ràng háizi jìxù shēnzào ， zuìhòu báibái máimò

了　仲永　過人的才華，實在是太可惜了！
le Zhòngyǒng guòrén de cáihuá ， shízài shì tài kěxí le ！

Setelah si jenius dewasa......

Seribu tahun-an yang lalu, di Tiongkok pada jaman dinasti Song, ada sebuah desa kecil yang disebut Sungai Emas. Sebagian besar penduduk desa adalah petani, dikarenakan generasi demi generasi mencari nafkah sebagai petani, sehingga hampir semua penduduk tidak pernah pergi ke sekolah, tidak pernah membaca buku.

Suatu hari, terjadi sesuatu yang aneh. Dalam lingkungan yang tidak biasa dengan pendidikan ini, tidak diduga muncul lah seorang anak yang suka belajar. Anak ini bernama Fang Zhong Yong, kata orang saat dia berusia lima tahun, dia merengek kepada orang tuanya mengatakan ia ingin pena dan kertas, orang tuanya merasa sangat terkejut, karena Zhong Yong belum pernah ke sekolah, juga tidak pernah melihat pena dan kertas, bagaimana akan tahu hal-hal ini dan dapat menyebut nama-nama benda itu? Namun, untuk mencegah Zhong Yong terus menangis, maka orang tuanya meminjam pena dan kertas dari tetangga untuk Zhong Yong.

Tak terduga, setelah Zhong Yong mendapatkan pena dan kertas, segera menuliskan sebuah puisi. Puisi ini pada utamanya bercerita tentang merawat orang tua, kepentingan mempersatukan warga desa, tidak hanya itu, Zhong Yong memberi puisi ini sebuah nama. Hal yang menakjubkan ini tersebar keseluruh desa Sungai Emas, bahkan tetangga desa Sungai Emas juga mendengar tentang peristiwa Fang Zhong Yong. Dengan demikian, sehingga reputasi Zhong Yong semakin besar, besar hingga sering banyak orang dari berbagai penjuru datang ke desa Sungai Emas, semua ingin mengenal Zhong Yong, dan juga berharap bisa dengan mata kepala sendiri menyaksikan Zhong Yong menulis puisi, lagipula Zhong Yong juga tidak pernah mengecewakan mereka. Setiap kali orang datang untuk melihat dia, hanya dengan membawa suatu benda, dia dapat menuliskan sebuah puisi yang indah berdasarkan benda itu sesuai dengan karakteristik dari benda tersebut, tidak hanya itu, puisi itu juga berisi makna kebenaran yang teramat dalam, membuat orang membacanya berulang-ulang.

Orang-orang yang datang untuk melihat Zhong Yong, melihat dia sebegitu berbakatnya, lebih dari senang hati memberi uang kepadanya sedikit maupun banyak, atau membeli puisinya untuk dibawa pulang dijadikan koleksi. Orang tua Zhong Yong sangat senang melihat anak mereka dengan santai menulis beberapa kata bisa menghasilkan uang! Di masa lalu suami istri itu bekerja keras di ladang, pergi pagi pulang malam sebagai petani, tetapi menghasilkan uang yang sangat amat sedikit! Mereka memutuskan untuk tidak bekerja di ladang lagi, sekeluarga bergantung kepada puisi Zhong Yong untuk mendapatkan uang. Sejak saat itu, hanya diketemui ayah Zhong Yong membawa Zhong Yong sepanjang hari dari desa

Sungai Emas ke desa lain memamerkan bakat Zhong Yong, berharap menggunakan kepintaran Zhong Yong membuat seluruh keluarga semakin kaya raya.

Karena sepanjang hari mengikuti ayah berpergian diluar, Zhong Yong tidak ada kesempatan belajar baik-baik masuk sekolah. Dalam keadaan mengabaikan pembelajaran, puisi Zhong Yong semakin hampa dan membosankan. Di usia 12-13 tahun, karya-karyanya telah tidak dapat dibaca. Dan sampai sekitar usia 20 tahun, siapa dapat menyangka Zhong Yong menjadi biasa serupa dengan petani yang tidak pernah sekolah dan tidak terpelajar, kemudian tidak ada seorangpun mengunjungi Zhong Yong, atau meminta Zhong Yong menulis puisi lagi.

Seperti Zhong Yong anak yang secerdas ini, yang seharusnya memiliki masa depan yang besar, tetapi karena orang tua mereka lihat keuntungan dan berpikir pendek, tidak mementingkan pendidikan dan meminta anaknya untuk melanjutkan belajar, akhirnya bakat luar biasa Zhong Yong yang melebihi orang pada umumnya disia-siakan, itu sangat disayangkan!

(三) 名詞解釋
míng cí jiě shì

	生詞	漢語拼音	解釋
1	角落	jiǎoluò	sudut
2	農作物	nóngzuòwù	hasil panen
3	養家活口	yǎngjiāhuókǒu	menghidupi keluarga
4	百姓	bǎixìng	rakyat
5	驚訝	jīngyà	terkejut
6	團結	tuánjié	kesatuan
7	重要性	zhòngyàoxìng	pentingnya, kepentingan
8	神奇	shénqí	ajaib, menakjubkan
9	親眼	qīnyǎn	dengan mata kepala sendiri
10	特質	tèzhí	karakteristik
11	蘊含	yùnhán	mengandung makna
12	深刻	shēnkè	mendalam, amat sangat dalam
13	欣賞	xīnshǎng	mengagumi
14	收藏	shōucáng	mengkoleksi, koleksi
15	耕作	gēngzuò	bertani
16	炫耀	xuànyào	memamerkan
17	才智	cáizhì	kepintaran
18	讚歎	zàntàn	memuji, mengagumi
19	驚豔	jīngyàn	menakjubkan, mengagumkan
20	拜訪	bàifǎng	mengunjungi
21	貪心	tānxīn	serakah
22	愚笨	yúbèn	bodoh
23	錯過	cuòguò	melewatkan
24	可惜	kěxí	sayang, disayangkan

六、可怕的謠言

kěpàde yáoyán

(一) 文章 wénzhāng

很久以前，在一個叫做「費」的小鎮，住著
hěnjiǔyǐqián，zài yíge jiàozuò「Bì」de xiǎozhèn，zhùzhe

一位叫曾參的男子，他不但品行端正也非常
yíwèi jiàoZēngshēn de nánzǐ，tā búdàn pǐnxìngduānzhèng yě fēicháng

孝順，很受大家歡迎。在費，有另一個居民也
xiàoshùn，hěnshòu dàjiā huānyíng。zài Bì，yǒu lìngyíge jūmín yě

叫做曾參，但是他的個性卻和好人曾參完全
jiàozuò Zēngshēn，dànshì tāde gèxìng quèhàn hǎorén Zēngshēn wánquán

不一樣，是個喜歡欺負別人的壞人。
bùyíyàng，shì ge xǐhuān qīfù biérén de huàirén。

有一天，壞人曾參殺了人，這件事被住在
yǒuyìtiān，huàirén Zēngshēn shālerén，zhèjiànshì bèi zhùzài

費的人們知道了，但是鄰居們不清楚：究竟好人
Bì de rénmen zhīdàole，dànshì línjūmen bùqīngchǔ：jiūjìng hǎorén

曾參是凶手？還是壞人曾參才是凶手？
Zēngshēn shì xiōngshǒu？háishì huàirén Zēngshēn cáishì xiōngshǒu？

於是其中一位鄰居去曾參家，告訴曾參的
yúshì qízhōng yíwèi línjū qù Zēngshēn jiā，gàosù Zēngshēn de

媽媽說：「你的兒子曾參殺了人！」曾參的
māmā shuō：「nǐ de érzi Zēngshēn shālerén！」Zēngshēn de

母親聽到這句話，不但沒有露出驚訝的表情，
mǔqīn tīngdào zhèjùhuà，búdàn méiyǒu lòuchū jīngyà de biǎoqíng，

反而繼續悠閒地織布，並且對那位鄰居說：
fǎnér jìxù yōuxián de zhībù，bìngqiě duì nàwèi línjū shuō：

「我的兒子不可能殺人。」那位鄰居聽到這句話
「wǒ de érzi bùkěnéng shārén。」nàwèi línjū tīngdào zhèjùhuà

後，非常疑惑地離開了 曾參 的家。
hòu，fēicháng yíhuò de líkāile Zēngshēn de jiā

但後來愈來愈多人聽說 曾參 殺了人的
dàn hòulái yùláiyùduōrén tīngshuō Zēngshēn shālerén de

消息，所以又有第二位鄰居跑去 曾參 家，告訴
xiāoxí，suǒyǐ yòuyǒu dìèrwèi línjū pǎoqù Zēngshēn jiā，gàosù

曾參 的母親：「你的兒子 曾參 殺人了！」
Zēngshēn de mǔqīn：「nǐ de érzi Zēngshēn shārénle！」

曾參 的母親聽了之後，依然非常冷靜地繼續
Zēngshēn de mǔqīn tīngle zhīhòu，yīrán fēicháng lěngjìngde jìxù

織布，不理會那位鄰居。
zhībù，bùlǐhuì nàwèi línjū。

過了不久，曾參 殺人一事 傳遍了
guòlebùjiǔ，Zēngshēn shārén yíshì chuánbiànle

大街小巷，於是又有一個鄰居 慌慌張張 地
dàjiēxiǎoxiàng，yúshì yòuyǒu yíge línjū huānghuāngzhāngzhāng de

來到 曾參 家，急忙忙地告訴 曾參 的母親說：
láidào Zēngshēn jiā，jímángmáng de gàosù Zēngshēn de mǔqīn shuō：

「你的兒子 曾參 殺人了！」接二連三的謠言，
「nǐ de érzi Zēngshēn shārénle！」jiēèrliánsānde yáoyán，

讓原本相信兒子的母親也不禁開始懷疑了！
ràng yuánběn xiàngxìn érzi de mǔqīn yě bùjīn kāishǐ huáiyíle！

帶著疑惑的心情，曾參 母親的心中 充滿了
dàizhe yíhuòde xīnqíng，Zēngshēn mǔqīn de xīnzhōng chōnmǎnle

緊張與害怕，擔心自己的兒子真的就是 凶手。
jǐnzhāng yǔ hàipà，dānxīn zìjǐ de érzi zhēnde jiùshì xiōngshǒu。

於是，立刻停下工作，扔下 手中 的織布
yúshì，lìkè tíngxià gōngzuò，rēngxià shǒuzhōng de zhībù

器具，準備逃走，可是又害怕從大門離開會被
qìjù，zhǔnbèi táozǒu，kěshì yòu hàipà cóng dàmén líkāi huì bèi

鄰居們看到，所以就偷偷地爬牆逃跑了。
línjūmen kàndào，suǒyǐ jiù tōutōude páqiáng táopǎole。

這個故事讓我們了解到，即使是像曾參
zhège gùshì ràng wǒmen liǎojiědào，jíshǐ shì xiàng Zēngshēn

這樣品行端正的人，加上有一位了解自己孩子
zhèyàng pǐnxìngduānzhèngde rén，jiāshàng yǒu yíwèi liǎojiě zìjǐ háizi

的母親，都還是難免會受到謠言的影響了，
de mǔqīn，dōu háishì nánmiǎn huì shòudào yáoyán de yǐngxiǎngle，

更何況是我們一般人呢？謠言眞是可怕啊！
gènghékuàng shì wǒmen yìbānrén ne？yáoyán zhēnshì kěpà a！

Desas desus yang mengerikan

Jaman dahulu, di sebuah kota kecil bernama “Bi”, tinggallah seorang pria bernama Zeng Shen, ia tidak hanya berperilaku baik juga sangat patuh dan berbakti, sangat disenangi oleh semua orang. Di kota kecil “Bi” juga ada seorang warga lain juga bernama Zeng Shen, tapi kepribadiannya benar-benar berbeda dengan Zeng Shen yang baik, dia adalah seorang yang jahat suka mengganggu orang lain.

Suatu hari, Zeng Shen jahat telah membunuh

orang, hal ini diketahui oleh orang-orang desa Bi, tapi tetangga tidak jelas: Apakah Zeng Shen baik pembunuhnya? Atau Zeng Shen jahat pembunuhnya? Karena itu diantaranya ada seorang tetangga pergi ke rumah Zeng Shen, memberitahu kepada ibu Zeng Shen: “Anakmu Zeng Shen telah membunuh orang!”. Ibu Zeng Shen mendengar kata-kata ini, tidak hanya tidak mengekspresikan kaget, tapi dengan santai sambil melanjutkan tenunannya, dan berkata tetangga itu: “Anakku tidak mungkin membunuh orang.”. Tetangga itu meninggalkan rumah Zeng Shen dengan sangat bingung.

Tapi kemudian semakin banyak orang yang mendengar kabar tentang Zeng Shen telah bunuh orang, sehingga ada tetangga kedua berlari ke rumah Zeng Shen dan memberitahukan kepada ibu Zeng Shen: “Anakmu telah membunuh orang!”. Ibu Zeng Shen setelah mendengarnya, masih dengan sangat tenang melanjutkan tenunannya, mengabaikan tetangga itu.

Tidak lama kemudian, kabar pembunuhan Zeng Shen telah menyebar kemana-mana, maka dari itu ada seorang tetangga dengan panik kerumah Zeng Shen, dengan terburu-buru memberitahu ibu Zeng Shen:

"Anakmu Zeng Shen telah membunuh orang!". Serentetan desas desus yang terus menerus berdatangan, sehingga ibu yang pada mulanya mempercayai anaknya mulai mau tak mau mencurigai dan mulai ragu! Dengan hati yang ragu, ibu Zeng Shen dipenuhi dengan ketegangan dan ketakutan, khawatir bahwa anak sendiri benar-benar adalah pembunuhnya. Pada saat itu, ibu Zeng Shen segera berhenti bekerja, melemparkan peralatan tenunnya, bersiap-siap untuk melarikan diri, tetapi dia khawatir jika dia meninggalkan rumah dari pintu utama akan terlihat oleh para tetangga, maka ia diam-diam melarikan diri dengan memanjat tembok.

Dari cerita ini kita dapat memahami, bahkan seperti Zeng Shen orang yang berperilaku baik dan taat, ditambah seorang ibu yang memahami anak sendiri, masih sulit untuk dihindari akan terpengaruh oleh desas desus, apalagi orang biasa seperti kita ini? Desas desus memang benar-benar mengerikan!

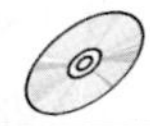

	生詞	漢語拼音	解釋
1	謠言	yáoyán	desas desus, gosip
2	可怕	kěpà	mengerikan, menakutkan

	生詞	漢語拼音	解釋
3	品行端正	pǐnxìngduānzhèng	kelakuan benar/baik
4	孝順	xiàoshùn	berbakti
5	受歡迎	shòuhuānyíng	populer
6	居民	jūmín	penduduk
7	欺負	qīfù	menggertak, mengganggu
8	殺	shā	bunuh
9	鄰居	línjū	tetangga
10	凶手	xiōngshǒu	pembunuh
11	驚訝	jīngyà	terkejut
12	悠閒	yōuxián	(dengan) santai
13	愈來愈…	yùláiyù	semakin, menjadi lebih
14	疑惑	yíhuò	ragu
15	織布	zhībù	tenun
16	冷靜	lěngjìng	tenang
17	繼續	jìxù	melanjutkan
18	依然	yīrán	tetap
19	理會	lǐhuì	perduli
20	大街小巷	dàjiēxiǎoxiàng	diseluruh jalanan
21	慌慌張張	huānghuāngzhāngzhāng	dengan bergegas
22	急忙忙	jímángmáng	(dengan) panik
23	緊張	jǐnzhāng	gelisah, gugup
24	擔心	dānxīn	khawatir
25	立刻	lìkè	segera
26	器具	qìjù	alat
27	逃走	táozǒu	melarikan diri

	生詞	漢語拼音	解釋
28	懼怕	jupà	ketakuan
29	偷偷	tōutōu	diam-diam, sembunyi-sembunyi
30	避免	bìmiǎn	menghindari
31	動搖	dòngyáo	bergetar, bimbang, terombang-ambing
32	懷疑	huáiyí	curiga

七、失信的商人
shīxìn de shāngrén

在濟陰這個地方，住著一位很有錢的商人，
zài Jìyīn zhège dìfāng ，zhùzhe yíwèi hěnyǒuqián de shāngrén ，
他常常出外去做生意。每次遠行，他都
tā chángcháng chūwài qù zuòshēngyì 。 měicì yuǎnxíng ， tā dōu
帶著滿滿的貨物出去，一一賣完後，再換回
dàizhe mǎnmǎn de huòwù chūqù ， yīyī màiwán hòu ， zài huànhuí
一整船的金銀珠寶，所以他變得愈來愈有錢。
yìzhěngchuán de jīnyínzhūbǎo ， suǒyǐ tā biànde yùláiyù yǒuqián 。
然而商人並不因此而滿足，他總覺得自己身邊
ránér shāngrénbìng bù yīncǐ ér mǎnzú ， tā zǒng juéde zìjǐ shēnbiān
的錢還不夠多，所以他把財富看得相當重，
de qián hái búgòu duō ， suǒyǐ tā bǎ cáifù kàn de xiāngdāng zhòng ，
若非十分必要，絕不輕易花錢。
ruò fēi shífēn bìyào ，jué bù qīngyì huāqián 。

有一天，他和往常一樣，準備要去遠方
yǒuyìtiān ， tā hàn wǎngcháng yíyàng ， zhǔnbèi yào qù yuǎnfāng
做生意。一開始，船航行得很順利，但是
zuòshēngyì 。 yìkāishǐ ， chuán hángxíng de hěn shùnlì ， dànshì
沒想到，到了半路，突然間，叩嘍一聲，
méixiǎngdào ， dào le bànlù ， túránjiān ， kòulou yìshēng ，
船身開始傾斜，所有的貨物都掉到水裡去了！
chuánshēn kāishǐ qīngxié ， suǒyǒu de huòwù dōudiàodào shuǐlǐ qù le ！
原來船撞到了石頭，船底破了個大洞，眼看
yuánlái chuán zhuàngdào le shítóu ，chuándǐ pò le ge dàdòng ，yǎnkàn
就快要沉船了！商人急急忙忙跳入水中，
jiù kuàiyào chénchuán le ！ shāngrén jíjímángmáng tiàorù shuǐzhōng ，

手 抓 浮木， 驚慌 地大聲求救。這時， 剛好
shǒu zhuā fúmù ，jīnghuāng de dàshēng qiújiù 。 zhèshí ，gānghǎo

有位漁夫經過，聽到了 商人的求救聲，趕緊
yǒu wèi yúfū jīngguò ，tīngdào le shāngrén de qiújiùshēng ，gǎnjǐn

划過去救他。商人 見到有人來了，便 高興地
huá guòqù jiù tā 。 shāngrén jiàndào yǒu rén lái le ，biàn gāoxìng de

大喊：「我是濟陰的大 商人 ，如果你救了我，
dàhǎn ：「 wǒshì Jìyīn de dà shāngrén ， rúguǒ nǐ jiù le wǒ ，

我就給你一萬元！」結果，漁夫辛苦地把 受驚
wǒ jiù gěi nǐ yíwànyuán ！」 jiéguǒ ， yúfū xīnkǔ de bǎ shòujīng

的 商人 救 上岸 後， 商人 竟然只給他一千元。
de shāngrén jiù shàngàn hòu ， shāngrén jìngrán zhǐ gěi tā yìqiānyuán 。

漁夫不太高興地說 ：「你 剛剛 說要給我
yúfū bú tài gāoxìng de shuō ：「 nǐ gānggāng shuō yào gěi wǒ

一萬元的，怎麼現在只給一千元？」 商人 聽
yíwànyuán de ， zěnme xiànzài zhǐ gěi yìqiānyuán ？」 shāngrén tīng

了，不但沒有自我反省，還生氣地回說：「你
le ， búdàn méiyǒu zìwǒ fǎnxǐng ， hái shēngqì de huí shuō ：「 nǐ

不過是個 小小 的漁夫，一天 能 有 多少 收入？
búguò shì ge xiǎoxiǎo de yúfū ， yìtiān néng yǒu duōshǎo shōurù ？

一下子得到了一千元，竟然還不滿足！」漁夫
yíxiàzi dédào le yìqiānyuán ， jìngrán hái bù mǎnzú ！」 yúfū

說不過他，只好自認倒楣地走了。
shuōbúguò tā ， zhǐhǎo zìrèn dǎoméi de zǒu le 。

商人 得意洋洋，覺得自己很會說話， 馬上
shāngrén déyìyángyáng ， juéde zìjǐ hěn huì shuōhuà ， mǎshàng

就 省 了九千元。漁夫走後，他趕緊撿起還可以
jiù shěng le jiǔqiānyuán 。 yúfū zǒuhòu ， tā gǎnjǐn jiǎnqǐ hái kěyǐ

用 的貨物，然後按照 原定 的計畫去做生意了。
yòng de huòwù ， ránhòu ànzhào yuándìng de jìhuà qù zuòshēngyì le

過沒多久，他賺足了錢，依著原路搭船回去。
guò méiduōjiǔ ， tā zuàn zú le qián ， yīzhe yuánlù dāchuán huíqù 。

不巧，這回的船夫是個 生手 ，經驗不足，結果
bùqiǎo ， zhèhuí de chuánfū shì ge shēngshǒu ， jīngyàn bùzú ， jiéguǒ

竟然又在上次落水的地方， 撞上 了石頭！
jìngrán yòu zài shàngcì luòshuǐ de dìfāng ， zhuàngshàng le shítóu ！

商人 覺得自己好倒楣，怎麼 同樣 的意外又 發生
shāngrén juéde zìjǐ hǎodǎoméi ， zěnme tóngyàng de yìwài yòu fāshēng

了！然而還是 逃命 要緊，跳到 水裡後，一樣
le ！ ránér háishì táomìng yàojǐn ， tiàodào shuǐlǐ hòu ， yíyàng

大聲 地喊救命！巧合的是，上次救他的漁夫，
dàshēng de hǎn jiùmìng ！ qiǎohé de shì ， shàngcì jiù tā de yúfū ，

正好 也在附近捕魚，可是這回，他聽到 商人 的
zhènghǎo yě zài fùjìn bǔyú ， kěshì zhèhuí ， tā tīngdào shāngrén de

喊叫，一點也沒有要去救 商人 的意思。 旁邊
hǎnjiào ， yìdiǎn yě méiyǒu yào qù jiù shāngrén de yìsi 。 pángbiān

的人著急地問他：「你爲什麼不去救他呢？你
de rén zhāojí de wèn tā ： 「 nǐ wèishénme búqù jiù tā ne ？ nǐ

有 船 啊，再不快一點，那人就要死了！」漁夫
yǒu chuán a ， zài bú kuàiyìdiǎn ， nà rén jiù yào sǐ le ！ 」 yúfū

淡淡地回答：「這是個 不守信用 的人，我爲什麼
dàndàn de huídá ： 「 zhèshì ge bùshǒuxìnyòng de rén ， wǒ wèishénme

要救他呢？」於是漁夫收起 漁網 ，把 船 划回
yào jiù tā ne ？ 」 yúshì yúfū shōuqǐ yúwǎng ， bǎ chuán huáhuí

岸邊，看著 商人 逐漸 消失在 水中 。
ànbiān ， kànzhe shāngrén zhújiàn xiāoshī zài shuǐzhōng 。

Pengusaha yang hilang kepercayaannya

Di tempat Ji Yin ini, ada seorang pengusaha yang sangat kaya, dia sering pergi keluar berbisnis. Setiap kali melakukan perjalan jauh, ia berangkat dengan barang muatan penuh, setelah terjual habis, ditukarkannya dengan sekapal penuh emas perak dan permata (harta benda), sehingga menjadikan ia semakin banyak uang. Tetap saja pengusaha ini tidak merasa cukup karena ini, ia selalu merasa uang yang dimilikinya dirinya tidak cukup banyak, sehingga dia melihat kekayaan sangat penting, jika tidak harus, tidak akan dengan mudah mengeluarkan uang.

Suatu hari, ia seperti biasanya, siap untuk pergi berbisnis jarak jauh. Pada awalnya, kapal berlayar dengan sangat lancar, tetapi di tengah perjalanan, mendadak mendengar suatu suara benturan, sehingga perahu mulai miring, semua barang terjatuh ke dalam air! Ternyata perahunya telah membentur sebuah batu, timbullah lubang besar di bagian bawah perahu, melihat perahu akan tenggelam! Pengusaha buru-buru melompat diri ke dalam air, tangan menggenggam kayu yang mengapung, dengan panik bersuara keras meminta bantuan. Pada saat ini, ada seorang nelayan lewat, mendengar teriakan si pengusaha minta tolong, bergegas mendayung kesana untuk menyelamatkan dia. Pengusaha melihat seseorang datang, berteriak dengan gembira: “Saya adalah pengusaha besar Ji Yin, jika kamu menyelamatkan saya, saya akan memberikan sepuluh ribu yuan!”. Akhirnya, nelayan dengan susah payah menolong pengusaha yang ketakutan hingga naik ke daratan, tidak diduga pengusaha hanya memberinya seribu yuan. Nelayan dengan tidak terlalu senang dan berkata: “Kamu baru saja mengatakan mau memberi saya sepuluh ribu yuan, kenapa sekarang hanya memberi seribu yuan?”. Setelah pengusaha mendengar, tidak hanya tidak mengintropeksi diri sendiri, dengan marah membalas: “Kamu hanya seorang nelayan, bisa mendapat berapa penghasilan dalam satu hari? Seketika dapat mendapat seribu yuan, masih tidak merasa puas!”. Nelayan tidak dapat menjawab perkataannya, hanya dapat menerima nasib buruk lalu pergi.

Pengusaha gembira puas, merasa dirinya pandai

berbicara dan telah menghemat sembilan ribu yuan. Setelah nelayan pergi, dia dengan cepat mengambil barang yang masih dapat digunakan, setelah itu sesuai dengan rencana awal pergi berbisnis. Tidak lama setelah itu, ia mendapatkan uang yang cukup, kembali dengan rute yang sama dengan perahu. Sayangnya, kali ini tukang perahu masih baru kurang berpengalaman, siapa sangka perahu terbentur batu di tempat yang sama! Pengusaha merasa dirinya sangat kurang beruntung, bagaimana kecelakaan yang sama bisa terjadi lagi! Namun, menyelamatkan diri lebih penting, setelah meloncat ke dalam air, lagi-lagi dia berteriak untuk minta pertolongan! Kebetulan, nelayan yang pernah menyelamatkan dia pada saat ini sedang menangkap ikan di dekatnya, tapi kali ini, ia mendengar teriakan pengusaha, tidak ada niat untuk mau menyelamatkan si pengusaha. Di samping nelayan ada orang cemas bertanya kepadanya: "Mengapa kamu tidak menyelamatkan dia? kamu memiliki perahu, kalau kamu tidak cepat menolong dia, orang itu akan mati!". Sang nelayan menjawab dengan acuh: "Orang ini orang yang tidak menepati janji, mengapa saya harus menyelamatkannya?". Selanjutnya nelayan menyimpan jaringnya, pergi ke tepi dengan mendayung perahunya. Melihat pengusaha perlahan-lahan tenggelam ke dalam air.

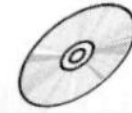

	生詞	漢語拼音	解釋
1	做生意	zuòshēngyì	berbisnis
2	貨物	huòwù	barang dagangan
3	金銀珠寶	jīnyínzhūbǎo	emas perak permata, harta benda
4	往常	wǎngcháng	seperti biasa
5	航行	hángxíng	belayar
6	傾斜	qīngxié	miring
7	沉船	chénchuán	perahu tenggelam
8	急急忙忙	jíjímángmáng	bergegas
9	驚慌	jīnghuāng	takut
10	求救	qiújiù	minta tolong
11	划	huá	mendayung
12	受驚	shòujīng	ketakutan
13	反省	fǎnxǐng	introspeksi
14	收入	shōurù	pemasukan, penghasilan
15	倒楣	dǎoméi	tidak beruntung
16	得意洋洋	déyìyángyáng	gembira merasa puas
17	按照	ànzhào	menurut, berdasarkan
18	不守信用	bùshǒuxìnyòng	tidak berkomitmen, tidak dapat dipegang kepercayaannya

	生詞	漢語拼音	解釋
19	逐漸	zhújiàn	bertahap, perlahan-lahan
20	錢幣	qiánbì	uang koin
21	責罵	zémà	memarahi
22	遵守	zūnshǒu	mematuhi
23	承諾	chéngnuò	janji, komitmen
24	誠信	chéngxìn	ketulusan, kejujuran

八、弄巧成拙的商人
nòngqiǎo chéngzhuó de shāngrén

(一) 文章
wénzhāng

你去過 傳統市場 嗎？那裡總是 人來人往，
nǐ qùguò chuántǒngshìchǎng ma ？ nàlǐ zǒngshì rénláirénwǎng，
充斥著 許多不同的 聲音 。攤販們為了推銷自己
chōngchìzhe xǔduō bùtóngde shēngyīn 。 tānfànmen wèile tuīxiāo zìjǐ
的貨品，不斷地 向 顧客吆喝、 宣傳 ；顧客們
de huòpǐn， búduànde xiàng gùkè yāohè 、 xuānchuán ； gùkèmen
則是為了以 更 便宜的價錢買到東西，努力地
zéshì wèile yǐ gèng piányíde jiàqián mǎidào dōngxi ， nǔlìde
向 老闆討價還價，因此在 市場 中 ，人們的
xiàng lǎobǎn tǎojiàhuánjià ， yīncǐ zài shìchǎng zhōng ， rénmende
交談聲 此起彼落， 非常 熱鬧。而很久以前，在
jiāotánshēng cǐqǐbǐluò ， fēicháng rènào 。 ér hěnjiǔ yǐqián ， zài
楚國的某個 傳統市場 中 ，就發生了一件關於
Chǔguóde mǒuge chuántǒngshìchǎngzhōng， jiù fāshēng le yíjiàn guānyú
叫賣的趣事……
jiàomài de qùshì ……

一如往常 地，市場裡的攤販們 從 一大早就
yìrúwǎngcháng de ， shìchǎnglǐ de tānfànmen cóng yídàzǎo jiù
準備 好要開始一天的 工作 。這時，有位販賣
zhǔnbèi hǎo yào kāishǐ yìtiānde gōngzuò 。 zhèshí ， yǒuwèi fànmài
兵器的 商人 ，加入了其他小販的行列，打算要
bīngqìde shāngrén ， jiārùle qítā xiǎofànde hángliè ， dǎsuàn yào
大展身手 ，好好地兜售 自己的 商品 。
dàzhǎnshēnshǒu ， hǎohǎo de dōushòu zìjǐde shāngpǐn 。

這位 商人 先清了清喉嚨，隨後便拿起一面
zhèwèi shāngrén xiān qīngleqīng hóulóng， suíhòu biàn náqǐ yímiàn
盾牌，大聲地朝人群呼喊著：「大家快來看啊！
dùnpái， dàshēngde cháo rénqún hūhǎnzhe ：「 dàjiā kuàilái kàn a ！
這面 盾牌是世界上最好的盾，它是用 最堅硬的
zhèmiàn dùnpái shì shìjièshàng zuìhǎode dùn， tā shì yòng zuìjiānyìngde
鐵鑄成的，所以不管用 多麼尖銳的武器，都
tiě zhùchéngde， suǒyǐ bùguǎn yòng duōme jiānruìde wǔqì， dōu
無法刺穿它。不相信的話，你們可以拿起 手邊的
wúfǎ cìchuān tā 。bùxiāngxìn dehuà， nǐmen kěyǐ náqǐ shǒubiānde
石頭來 敲敲看 ，不管你們敲得再大力，它都不會
shítóu lái qiāoqiāokàn， bùguǎn nǐmen qiāode zàidàlì， tā dōubúhuì
凹陷，快來試試看吧！」 眾人 拿起石頭，用力地
āoxiàn， kuàilái shìshìkàn ba ！」 zhòngrén náqǐ shítóu， yònglìde
朝 盾牌砸下去，結果，誠如 商人 所說的，盾牌
cháo dùnpái záxiàqù， jiéguǒ， chéngrú shāngrén suǒshuōde， dùnpái
眞的完好如初。
zhēnde wánhǎorúchū 。

看到圍觀的人群愈來愈多， 商人 既高興
kàndào wéiguānde rénqún yùláiyùduō， shāngrén jìgāoxìng
又得意。接著，這位 商人 又拿起了一支 長矛 ，
yòudéyì 。jiēzhe， zhèwèishāngrényòu náqǐle yìzhī chángmáo，
繼續 向 群眾 大聲 宣傳 ：「大家再來看看
jìxù xiàng qúnzhòng dàshēng xuānchuán ：「 dàjiā zàilái kànkàn
我賣的 長矛 ！你們千萬別小看它，因爲它可是
wǒmàide chángmáo ！ nǐmen qiānwàn bié xiǎokàn tā， yīnwèi tā kěshì
世界上 最可怕的武器！它的矛頭不但磨得十分
shìjièshàng zuìkěpàde wǔqì ！ tāde máotóu búdàn móde shífēn
銳利，能削鐵如泥，質地還十分堅硬 ，因此不論
ruìlì， néng xuètiěrúní， zhídì hái shífēn jiānyìng， yīncǐ búlùn

是多麼厚實的物品，都能不費吹灰之力，一下子
shì duōme hòushíde wùpǐn，dōunéng búfèichuīhuīzhīlì，yíxiàzi

就刺穿。因此，各位只要買了我的盾和我的矛，
jiù cìchuān。yīncǐ，gèwèi zhǐyào mǎile wǒde dùnhàn wǒde máo，

在 沙場上 ，就能打遍天下無敵手了！數量
zài shāchǎngshàng，jiù néng dǎbiàntiānxià wú díshǒule！shùliàng

有限，請大家快來買吧！先搶 先贏。」
yǒuxiàn，qǐng dàjiā kuàiláimǎi ba！xiānqiǎngxiānyíng。」

由於這位 商人 講的話實在太吸引人了，
yóuyú zhèwèi shāngrén jiǎngdehuà shízài tàixīyǐnrén le，

所以圍觀的人有的 搶著 要看看矛，有的 搶著
suǒyǐ wéiguānde rén yǒude qiǎngzhe yào kànkàn máo，yǒude qiǎngzhe

要摸摸盾，有的更 馬上 掏錢，想要把這 兩樣
yào mōmō dùn，yǒude gèngmǎshàngtāoqián，xiǎngyào bǎ zhè liǎngyàng

厲害的武器買回家。就在大家 爭先恐後 ，一陣
lìhàide wǔqì mǎihuíjiā。jiùzài dàjiā zhēngxiānkǒnghòu，yízhèn

慌亂的 時候，一位圍觀的 民眾 突然問 商人
huāngluànde shíhòu，yíwèi wéiguānde mínzhòng túrán wèn shāngrén

說：「老闆，如果用 您賣的矛去刺您賣的盾，
shuō：「lǎobǎn，rúguǒ yòng nínmàide máo qù cì nínmàide dùn，

究竟是哪個東西會 受損呢？」
jiùjìng shì nǎge dōngxi huì shòusǔn ne？」

聽到了這個問題，全部的人都靜了下來，
tīngdàole zhège wèntí，quánbùde rén dōu jìnglexiàlái，

大家都 想 聽聽 商人的回答。但是問題來得太
dàjiā dōu xiǎng tīngtīng shāngrénde huídá。dànshì wèntí láide tài

突然，商人 一句話也答不上來，一時之間也
túrán，shāngrén yíjùhuà yě dá búshànglái，yìshízhījiān yě

只能 呆呆地站著。時間一分一秒地過，商人
zhǐnéng dāidāide zhànzhe。shíjiān yìfēnyìmiǎo de guò，shāngrén

就只是站在攤位旁，看著自己的矛和盾，等著
jiù zhǐshì zhànzài tānwèipáng，kànzhe zìjǐ de máohàndùn，děngzhe

等著，圍觀的群眾就失了耐心，最後眾人
děngzhe，wéiguānde qúnzhòng jiù shīle nàixīn，zuìhòu zhòngrén

便在訕笑聲中一哄而散。
biànzài shànxiàoshēng zhōng yìhōngérsàn。

Pedagang pintar yang melampaui dirinya

(二) 譯文 yìwén

Apakah Anda pernah ke pasar tradisional? Disana selalu ada orang berlalu lalang, dipenuhi dengan banyak suara yang berbeda. Para pedagang untuk memasarkan barang dagangannya, mereka terus menerus berteriak untuk mempromosikan kepada pelanggan. Para pelanggan untuk membeli barang dengan harga yang lebih murah, berusaha keras melakukan tawar menawar dengan pedagang, karena ini lingkungan pasar sangat ramai dengan suara percakapan mereka yang silih berganti. Dan pada waktu dahulu kala, di suatu pasar tradisional negara Chu, terjadilah satu cerita menarik mengenai pedagang keliling...

Seperti biasanya, pedagang di pasar tradisional sejak pagi buta sudah mempersiapkan barang dagangannya untuk memulai dagangan mereka. Pada saat ini, ada seorang pedagang menjual senjata, beserta diantara para pedagang kaki lima, bermaksud untuk menunjukkan kemampuannya yang baik untuk menjual keliling barang sendiri.

Pedagang ini berdeham dahulu, dan kemudian mengambil sebuah perisai, dengan suara keras berteriak kepada keramaian orang: “Semuanya mari datang lihat! Ini perisai paling bagus diseluruh dunia, terbuat dari besi yang paling keras, walau memakai senjata setajam apapun tidak akan bisa menembusnya. Jika tidak percaya, kalian dapat mengambil batu untuk mengetuknya, bagaimanapun kalian mengetuk dengan sekuat tenaga, tidak akan menjadi cekung, cepat datang mencobanya!”. Semua orang mengambil batu, dengan sekuat tenaga mengetuk perisai, hasilnya, persis seperti apa yang dikatakan pedagang, perisai itu benar-benar utuh seperti semula.

Melihat penonton yang mengelilingi semakin banyak, pedagang merasa senang dan merasa puas. Kemudian, pedagang ini mengambil sebilah tombak panjang, terus mempromosikannya dengan suara keras kepada massa: “Kalian lihat tombak yang saya jual! Jangan kalian pandang rendah, ini adalah senjata paling mengerikan di dunia, tidak hanya kepala tombaknya sangat tajam dan dapat memotong besi, teksturnya juga sangat keras, jadi tidak peduli benda seberapa tebal, dapat dengan mudah menusuk tembus. Jadi, jika anda membeli perisai dan tombak saya, kalian akan menjadi tak terkalahkan di medan perang! Jumblah terbatas, silakan cepat membelinya! Siapa duluan siapa dapat.".

Karena pembicaraan pedagang ini sangat menarik, penonton di sekitarnya berebutan mengambil tombak untuk di lihat, ada yang berebutan menyentuh perisai, dan ada yang langsung mengeluarkan uang, ingin mendapatkan dua senjata ampuh ini untuk dibawa pulang kerumah. Di saat semua orang berebutan, saat suasana menjadi kacau dan membingungkan, ada seseorang tiba-tiba bertanya kepada pedagang: "Bos, jika anda memakai tombak anda untuk menusuk perisai anda, sebenarnya manakah yang akan rusak?"

Mendengar pertanyaan ini, semua orang terdiam, mereka ingin mendengar jawaban dari pedagang. Karena pertanyaan terlalu tiba-tiba, sehingga pedagang tidak bisa menjawab sepatah katapun. Waktu berlalu, pedagang hanya dapat berdiri dan membisu. Waktu satu menit demi satu menit berlalu, pedagang itu diam melihat tombak dan perisai dagangannya, terus menunggu. Penonton kehilangan kesabaran, dan akhirnya semua orang dengan suara tawa ejekan serentak lalu bubar.

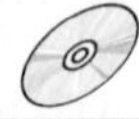

	生詞	漢語拼音	解釋
1	弄巧成拙	nòngqiǎochéngzhuó	pintar melampaui diri sendiri
2	傳統	chuántǒng	tradisional
3	市場	shìchǎng	pasar
4	人來人往	rénláirénwǎng	orang berlalu lalang
5	充斥	chōngchì	memenuhi, dipenuhi dengan
6	推銷	tuīxiāo	memasarkan
7	宣傳	xuānchuán	promosi, mempromosikan
8	討價還價	tǎojiàhuánjià	tawar menawar
9	此起彼落	cǐqǐbǐluò	silih berganti
10	叫賣	jiàomài	pedagang keliling
11	一如往常	yìrúwǎngcháng	seperti biasa
12	兵器	bīngqì	senjata
13	大展身手	dàzhǎnshēnshǒu	menunjukan, memperagakan
14	兜售	dōushòu	menjual
15	喉嚨	hóulóng	tenggorokan

	生詞	漢語拼音	解釋
16	盾牌	dùnpái	perisai
17	誠如	chéngrú	persis seperti
18	完好如初	wánhǎorúchū	utuh seperti semula
19	矛頭	máotóu	kepala tombak
20	削鐵如泥	xuètiěrúní	mudah memotong besi, menembus besi
21	不費吹灰之力	búfèichuīhuīzhīlì	dengan sangat mudah
22	敵手	díshǒu	musuh/lawan
23	爭先恐後	zhēngxiānkǒnghòu	bergegas takut ketinggalan, berebutan
24	訕笑	shànxiào	tertawa ejekan
25	一哄而散	yìhōngérsàn	serentak bubar

九、改過向善的惡霸
gǎiguò xiàngshàn de èbà

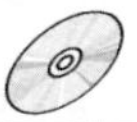

(一) 文章
wénzhāng

很久很久以前，在 中國 有個叫做義興的
hěnjiǔ hěnjiǔ yǐqián ， zài Zhōngguó yǒuge jiàozuò Yìxìng de

小鎮 。義興鎮 依山傍水， 環境 非常 優美，
xiǎozhèn 。 Yìxìngzhèn yīshānbàngshuǐ ， huánjìng fēicháng yōuměi ，

但是居民們卻每天都過著 憂心忡忡 的 生活 。
dànshì jūmínmen quèměitiāndōuguòzhe yōuxīnchōngchōng de shēnghuó 。

原來是因爲小鎮裡有三個禍害，時時都有可能
yuánlái shì yīnwèi xiǎozhènlǐ yǒu sānge huòhài ， shíshí dōuyǒu kěnéng

危害百姓的 性命 。第一個禍害是住在水裡的
wéihài bǎixìngde xìngmìng 。 dìyīge huòhài shì zhùzài shuǐlǐde

蛟龍 ，第二個禍害是棲息在深山裡的猛虎，
jiāolóng ， dìèrge huòhài shì qīxí zài shēnshānlǐde měnghǔ ，

這前兩害都是 猛獸 ，但是第三個禍害卻是
zhè qián liǎnghài dōushì měngshòu ， dànshì dìsānge huòhài quèshì

鎮上的 周處 。爲什麼 周處 這個人會和蛟龍及
zhènshàngde Zhōuchǔ 。 wèishénme Zhōuchǔ zhègerén huìhànjiāolóng jí

猛虎 並列爲三大禍害呢？原因是他既 凶暴 又
měnghǔ bìngliè wéi sāndà huòhài ne ？ yuányīn shì tā jì xiōngbào yòu

強悍 ， 整天 無所事事，到處爲非作歹，四處
qiánghàn ， zhěngtiān wúsuǒshìshì ， dàochù wéifēizuòdǎi ， sìchù

惹是生非。所以在這三個禍害 之中 ， 周處 最令
rěshìshēngfēi 。 suǒyǐ zài zhè sānge huòhài zhīzhōng ， Zhōuchǔ zuì lìng

居民們頭疼，因爲他就住在鎮子裡，天天鬧事，
jūmínmen tóuténg ， yīnwèi tā jiù zhùzài zhènzi lǐ ， tiāntiān nàoshi ，

不像 蛟龍與猛虎，只有肚子餓時才會出來攻擊
búxiàng jiāolóng yǔ měnghǔ ， zhǐyǒu dùziè shí cáihuì chūlái gōngjí
人。
rén 。

儘管大家都怕 周處 ，但是見了他都還是
jǐnguǎn dàjiā dōu pà Zhōuchǔ ， dànshì jiànle tā dōu háishì
讓他三分，敢怒不敢言。不過日子一久，大家
ràngtā sānfēn ， gǎnnù bùgǎnyán 。 búguò rìzi yìjiǔ ， dàjiā
漸漸失去了耐性，到最後再也受不了他了！
jiànjiàn shīqùle nàixìng ， dào zuìhòu zàiyě shòubùliǎo tā le ！
於是，村民們 悄悄 聚在一起，希望 能 想個
yúshì ， cūnmínmen qiǎoqiǎo jùzàiyìqǐ ， xīwàng néng xiǎngge
好計策除掉 周處 ，大家你一言我一語，想了
hǎojìcè chúdiào Zhōuchǔ ， dàjiā nǐyìyán wǒyìyǔ ， xiǎngle
好久，最後 終於 有一個老人想到了一個好方法。
hǎojiǔ ， zuìhòu zhōngyú yǒuyíge lǎorén xiǎngdàole yíge hǎofāngfǎ 。
老人說 ，可以 請 周處 去殺那猛虎與蛟龍 ，
lǎorénshuō ， kěyǐ qǐng Zhōuchǔ qùshā nàměnghǔ yǔ jiāolóng ，
不管是 周處 殺了牠們，或是牠們殺了 周處 ，
bùguǎn shì Zhōuchǔ shāle tāmen ， huòshì tāmen shāle Zhōuchǔ ，
結果都是好的！法子有了，老人立刻自告奮勇，
jiéguǒ dōushì hǎode ！ fázi yǒule ， lǎorén lìkè zìgàofènyǒng ，
願意親自去拜訪 周處 。老人一看到 周處 ，先是
yuànyì qīnzì qù bàifǎng Zhōuchǔ 。 lǎorén yíkàndào Zhōuchǔ ， xiānshì
大大地誇讚了 周處 一番，誇他如何 英勇 ，如何
dàdàde kuāzànle Zhōuchǔ yìfān ， kuātā rúhé yīngyǒng ， rúhé
膽大，然後才憂心地說出 村民們 對於蛟龍與
dǎndà ， ránhòu cái yōuxīnde shuōchū cūnmínmen duìyú jiāolóng yǔ
猛虎的畏懼，最後再懇求 周處 爲村民們 除害。
měnghǔde wèijù ， zuìhòu zài kěnqiú Zhōuchǔ wèi cūnmínmen chúhài 。

周處 聽了美言之後， 爽快 地說 ：「要殺掉
Zhōuchǔ tīngle měiyán zhīhòu ， shuǎngkuài de shuō ：「 yào shādiào

牠們，對我 周處 來說，簡直是一件小事！」話
tāmen ， duì wǒ Zhōuchǔ láishuō ， jiǎnzhí shì yíjiàn xiǎoshì ！ 」 huà

一說完， 周處 就告別老人，回到家休息， 準備
yìshuōwán ， Zhōuchǔ jiù gàobié lǎorén ， huídàojiā xiūxí ， zhǔnbèi

養足 精神 好去殺虎屠龍。第二天一早， 眾人 都
yǎngzú jīngshén hǎoqù shāhǔ túlóng 。 dìèrtiān yìzǎo ， zhòngrén dōu

還在 睡夢中時 ，周處 便 往 深山裡去， 想說
háizài shuìmèngzhōngshí ，Zhōuchǔ biàn wǎng shēnshānlǐqù ， xiǎngshuō

先 打敗老虎，再來除去 蛟龍 。
xiān dǎbài lǎohǔ ， zàilái chúqù jiāolóng 。

周處 尋著了 猛虎 ，不驚不怖不畏，一拳就
Zhōuchǔ xúnzháole měnghǔ ， bùjīng búbù búwèi ， yìquán jiù

朝 老虎的眼睛打去，結果，不知是老虎嚇著了，
cháo lǎohǔde yǎnjīng dǎqù ， jiéguǒ ， bùzhī shì lǎohǔ xiàzháole ，

還是周處的 力道太大，打個十來下，老虎就
háishì Zhōuchǔde lìdào tàidà ， dǎgeshíláixià ， lǎohǔ jiù

倒地了。殺了 猛虎 ，驕傲的 周處 更是神氣了，
dǎodìle 。 shāle měnghǔ ， jiāoàode Zhōuchǔ gèngshì shénqìle ，

大搖大擺地 走向 河邊，打算徒手 對抗 蛟龍 。
dàyáodàbǎide zǒuxiàng hébiān ， dǎsuàn túshǒu duìkàng jiāolóng 。

沒想到 ，這蛟龍的力量是猛虎的好幾倍，周處
méixiǎngdào ，zhè jiāolóngde lìliàng shì měnghǔde hǎojǐbèi ， Zōuchǔ

使出 全身 的力氣，還是不敵 蛟龍 。岸邊的
shǐchū quánshēn de lìqì ， háishì bùdí jiāolóng 。 ànbiānde

村民們 ，一直沒看見 周處 浮出 水面 ，都以爲
cūnmínmen ， yìzhí méikànjiàn Zhōuchǔ fúchū shuǐmiàn ， dōu yǐwéi

周處 已經被蛟龍吃掉了， 心想 一下子少了
Zhōuchǔ yǐjīng bèi jiāolóng chīdiàole ， xīnxiǎng yíxiàzi shǎole

兩個禍害，眞是太開心了，道賀聲此起彼落，
liǎngge huòhài，zhēnshì tàikāixīnle，dàohèshēng cǐqǐbǐluò，

熱鬧極了。然而，眞沒想到，三天三夜後，
rènàojíle。ránér，zhēnméixiǎngdào，sāntiānsānyè hòu，

周處竟然打敗了蛟龍！
Zhōuchǔ jìngrán dǎbàile jiāolóng！

正當周處拖著疲憊的身軀上岸時，
zhèngdāng Zhōuchǔ tuōzhe píbèide shēnqū shàngànshí，

竟看到村民們開心地慶祝自己過世的歡樂
jìng kàndào cūnmínmen kāixīnde qìngzhù zìjǐ guòshìde huānlè

場面！周處張大了嘴，簡直不敢相信這是
chǎngmiàn！Zhōuchǔ zhāngdàlezuǐ，jiǎnzhí bùgǎn xiāngxìn zhèshì

眞的！這時，周處才明白，原來平日裡大家
zhēnde！zhèshí，Zhōuchǔ cái míngbái，yuánlái píngrìlǐ dàjiā

尊敬他是因爲害怕他，而不是眞把他當作
zūnjìng tā shì yīnwèi hàipà tā，érbúshì zhēn bǎtā dāngzuò

朋友。明白後，周處愼重地向大家道歉，
péngyǒu。míngbáihòu，Zhōuchǔ shènzhòngde xiàng dàjiā dàoqiàn，

表明以後一定改過向善。村民們一時反應
biǎomíng yǐhòu yídìng gǎiguò xiàngshàn。cūnmínmen yìshí fǎnyìng

不過來，個個都想這下可慘了，沒有一個人
búguòlái，gègè dōuxiǎng zhèxiàkěcǎnle，méiyǒu yígerén

肯相信周處說的話！沒想到，這次周處是
kěn xiāngxìn Zhōuchǔ shuōdehuà！méixiǎngdào，zhècì Zhōuchǔ shì

下了決心改過，他不斷地請教旁人該如何改進，
xiàlejuéxīn gǎiguò，tā búduànde qǐngjiàopángrén gāi rúhé gǎijìn，

就在一天天、一年年的努力下，周處終於
jiùzài yìtiāntiān、yìniánniánde nǔlìxià，Zhōuchǔ zhōngyú

變成了大家眼中的好鄰居，就這樣義興鎮再也
biànchéngle dàjiā yǎnzhōngde hǎolínjū，jiùzhèyàng Yìxìngzhèn zàiyě

沒有禍害了。
méiyǒu huòhàile 。

Penjahat yang berubah menjadi baik

Di waktu jaman dahulu kala, di Tiongkok ada sebuah kota kecil bernama "Yi Xing". Yi Xing di kelilingi oleh gunung dan air, lingkungannya sangat indah menawan, namun tetapi kehidupan para warga setiap harinya dilewati dalam kekhawatiran. Ternyata kota kecil ini ada tiga bencana berbahaya, setiap saat ada kemungkinan mengancam keselamatan jiwa warga masyarakat. Bencana pertama adalah naga Jiao yang hidup di dalam air, bencana kedua adalah harimau sengit yang berdiam di kedalaman pegunungan, dua bencana pertama adalah binatang buas sengit, tetapi bencana yang ketiga adalah orang yang bernama Zhou Chu yang tinggal di dalam kota kecil ini. Mengapa Zhou Chu orang ini dapat disebut bencana ketiga berdampingan setelah bencana besar naga dan harimau sengit? Alasannya adalah bahwa ia tidak hanya brutal dan tangguh, dia seorang pengangguran yang sepanjang hari mengganggu warga, melakukan kejahatan dimana-mana dan menimbulkan masalah. Dari tiga bencana ini yang paling membuat para warga sakit kepala adalah Zhou Chu, karena dia tinggal didalam kota, setiap hari membuat keributan, tidak seperti naga dan harimau, hanya ketika lapar akan keluar menyerang orang.

Meskipun warga takut pada Zhou Chu, tetapi bila bertemu dia tetap mengalah, hati kesal tetapi tidak berani mengatakannya. Hari demi hari telah berlalu, warga kehilangan kesabaran dan kemudian juga tidak tahan kelakuan dia lagi! Kemudian, warga desa berkumpul secara diam-diam, berharap dapat merundingkan strategi untuk menyingkirkan Zhou Chu, setelah berpikir dengan lama, akhirnya ada seorang pria tua mendapatkan cara yang baik. Orang tua ini mengatakan, kita dapat meminta Zhou Chu untuk membunuh harimau ganas dan naga Jiao, tidak peduli Zhou Chu membunuh keduanya atau keduanya membunuh Zhou Chu, hasilnya semua baik! Sudah mendapatkan cara, orang tua dengan segera secara sukarela dan berani dirinya mengunjungi Zhou Chu. Sekali orang tua itu bertemu dengan Zhou Chu, pada awalnya dia memuji hebat Zhou Chu, membual Zhouchu sebagaimana heroiknya, bagaimana beraninya dia, kemudian dia dengan khawatir berkata kepada Zhou Chu, ketakutan para warga terhadap naga dan harimau, dan akhirnya memohon Zhou Chu membunuh naga dan harimau demi untuk warga. Setelah mendengar kata-kata indahnya, Zhou Chu dengan cepat langsung berkata: “Untuk membunuh mereka, bagi saya Zhou Chu ini adalah sebuah hal kecil!”. Setelah selesai berkata, Zhou Chu langsung pamit pulang ke rumah, untuk beristirahat menyiapkan tenaga dan semangat untuk dengan baik membunuh harimau membantai naga. Keesokan paginya, ketika semua orang sedang tidur nyenyak, Zhou Chu berangkat ke pegunungan, pertama berencana kalahkan harimau, kemudian membunuh naga.

Zhou Chu telah menemukan harimau, tidak panik dan tidak takut, langsung mengarahkan tinjuannya memukul ke arah mata harimau, hasilnya, tidak tahu harimau terkejut atau kekuatan pukulan Zhou Chu terlalu kuat, dengan memukul lebih dari sepuluh kali, harimau tumbang ditanah. Setelah membunuh harimau, Zhou Chu yang bangga semakin sombong, melenggak-lenggok jalan menuju ke sungai, berencana dengan tangan kosong untuk melawan naga Jiao. Tidak terduga kekuatan naga Jiao beberapa kali lipat dari harimau sengit. Zhou Chu mengeluarkan seluruh tenagapun bukan tandingan naga Jiao. Warga desa yang menonton ditepi sungai, tidak melihat Zhou Chu muncul kepermukaan air, berpikir Zhou Chu sudah ditelan oleh naga Jiao. Dibenak berpikir sekarang sudah berkurang dua bencana, mereka sangat gembira, silih berganti terus mengucapkan selamat sangatlah ramai. Namun tidak di sangka, setelah tiga hari tiga malam, siapa sangka Zhou Chu telah mengalahkan naga!

Ketika Zhou Chu dengan tubuh yang letih muncul di pantai, dia melihat pemandangan warga sedang senang merayakan atas kematian dirinya! Zhou Chu tercengang tidak percaya kenyataan ini! Pada saat ini, barulah Zhou Chu mengerti, dahulu warga menghormati dia karena takut padanya, bukan karena melihat dia sebagai teman. Setelah sadar, Zhou Chu meminta maaf kepada seluruh warga, menyatakan bahwa dia akan berubah menjadi orang baik. Sesaat warga tidak dapat bereaksi, mereka berpikir, waduh kali ini cilaka, tidak ada satu orangpun yang percaya akan perkataan Zhou Chu! Tidak diduga, kali ini Zhou Chu sudah benar-benar mengambil keputusan untuk berubah, tidak hentinya dia meminta saran dari orang lain bagaimana cara berubah untuk menjadi orang baik. Dengan upaya hari ke hari, tahun ke tahun Zhou Chu menjadi tetangga yang baik dimata semua orang, sejak itu kota kecil Yi Xing tidak lagi ada bencana.

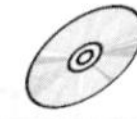

	生詞	漢語拼音	解釋
1	依山傍水	yīshānbàngshuǐ	dikelilingi gunung dan air
2	憂心忡忡	yōuxīnchōngchōng	khawatir
3	禍害	huòhài	bencana
4	危害	wéihài	membahayakan
5	蛟龍	jiāolóng	naga Jiao (naga banjir, hewan mistis yang dapat menimbulkan hujan dan banjir)
6	猛獸	měngshòu	binatang buas
7	凶暴	xiōngbào	ganas, sengit
8	無所事事	wúsuǒshìshì	tidak ada kerjaan
9	為非作歹	wéifēizuòdǎi	berbuat kejahatan
10	惹是生非	rěshìshēngfēi	mencari gara gara, membuat masalah
11	耐心	nàixīn	kesabaran

	生詞	漢語拼音	解釋
12	計策	jìcè	rencana
13	自告奮勇	zìgàofènyǒng	dengan berani dan sukarela
14	英勇	yīngyǒng	heroik/berani
15	懇求	kěnqiú	memohon
16	驕傲	jiāoào	sombong
17	神氣	shénqì	bangga, sombong
18	大搖大擺	dàyáodàbǎi	jalan dengan bergaya, melenggak-lenggok
19	徒手	túshǒu	tangan kosong
20	道賀	dàohè	mengucapkan selamat
21	此起彼落	cǐqǐbǐluò	silih berganti, terus menerus
22	疲憊	píbèi	lelah
23	身軀	shēnqū	badan, tubuh
24	過世	guòshì	meninggal dunia
25	慎重	shènzhòng	berhati-hati
26	決心	juéxīn	bertekad
27	請教	qǐngjiào	meminta petunjuk

十、孟子與他的媽媽
Mèngzǐ yǔ tā de māma

中國的歷史上有幾位非常重要的
Zhōngguó de lìshǐ shàng yǒu jǐwèi fēicháng zhòngyàode

哲學家，他們對於中國的教育、文化、政治
zhéxuéjiā ， tāmen duìyú Zhōngguó de jiàoyù 、 wénhuà 、 zhèngzhì

都有十分重要的影響，而孟子正是其中
dōu yǒu shífēn zhòngyào de yǐngxiǎng ， ér Mèngzǐ zhèngshì qízhōng

之一。孟子能成爲如此賢能的哲學家，與
zhīyī 。 Mèngzǐ néng chéngwéi rúcǐ xiánnéng de zhéxuéjiā ， yǔ

他的母親非常重視教育有關，也多虧了這位
tāde mǔqīn fēicháng zhòngshì jiàoyù yǒuguān ， yě duōkuīle zhèwèi

細心又有遠見的媽媽，中國哲學的發展才能
xìxīn yòu yǒu yuǎnjiàn de māma ， Zhōngguó zhéxué de fāzhǎn cáinéng

如此精彩。
rúcǐ jīngcǎi 。

當孟子還是個小孩子的時候，他的父親就
dāng Mèngzǐ háishì ge xiǎoháizi de shíhòu ， tā de fùqīn jiù

過世了，孟子的媽媽爲了方便就近祭拜已經過世
guòshìle ， Mèngzǐ de māma wèile fāngbiàn jiùjìn jìbài yǐjīng guòshì

的丈夫，只好帶著孟子住在墓園附近。由於
de zhàngfū ， zhīhǎo dàizhe Mèngzǐ zhù zài mùyuán fùjìn 。 yóuyú

墓園裡常常會有人們在墳墓邊哭泣，或祭拜
mùyuán lǐ chángcháng huì yǒu rénmen zài fénmù biān kūqì ， huò jìbài

死去的親人，年幼的孟子見了，先是好奇，但
sǐqù de qīnrén ， niányòu de Mèngzǐ jiànle ， xiān shì hàoqí ， dàn

日子一久也就習慣了。所以當他與他的 朋友
rìzi yìjiǔ yě jiù xíguàn le 。 suǒyǐ dāng tā yǔ tāde péngyǒu

一起 玩耍 時，竟然把葬禮的儀式 當成 了遊戲，
yìqǐ wánshuǎ shí ，jìngrán bǎ zànglǐ de yíshì dāngchéng le yóuxì ，

他們 甚至 還會 模仿 人們 嚎啕大哭 的樣子來使
tāmen shènzhì háihuì mófǎng rénmen háotáodàkū de yàngzi lái shǐ

遊戲更加 眞實 。
yóuxì gèngjiā zhēnshí 。

孟子的母親看見他與他的 同伴 相處 之後，
Mèngzǐ de mǔqīn kànjiàn tā yǔ tā de tóngbàn xiàngchǔ zhīhòu ，

既擔心孟子把嚴肅又 悲傷 的儀式視爲遊戲，
jì dānxīn Mèngzǐ bǎ yánsù yòu bēishāng de yíshì shìwéi yóuxì ，

又覺得住在 墓園 附近，孟子 只能 學習 到 有關
yòu juéde zhùzài mùyuán fùjìn ， Mèngzǐ zhǐnéng xuéxí dào yǒuguān

送葬 的事，這樣 他 長大 後就 無法 成爲 一個
sòngzàng de shì ， zhèyàng tā zhǎngdà hòu jiù wúfǎ chéngwéi yíge

知書達禮的人，於是她認爲這裡不是一個適合
zhīshūdálǐ de rén ， yúshì tā rènwéi zhèlǐ búshì yíge shìhé

養育孩子的 環境 ，便 帶著孟子 搬到其他的地方
yǎngyù háizi de huánjìng ， biàn dàizhe Mèngzǐ bāndào qítā de dìfāng

居住。
jūzhù 。

離開了墓園之後，孟子母子二人搬到了 市場
líkāi le mùyuán zhīhòu ，Mèngzǐ mǔzǐ èrrén bāndàole shìchǎng

旁 。市場 每天都 非常地熱鬧，孟子 常常
páng 。 shìchǎng měitiān dōu fēichángde rènào ， Mèngzǐ chángcháng

開心地在 市場 中 穿梭 ，看看 人們 怎麼 買賣
kāixīnde zài shìchǎng zhōng chuānsuō ， kànkàn rénmen zěnme mǎimài

蔬菜 水果 、肉類或是其他 生活用品 。而在
shūcài shuǐguǒ 、 ròulèi huòshì qítā shēnghuóyòngpǐn 。 ér zài

市場 所有的攤販 中 ，最吸引孟子的是賣豬肉
shìchǎng suǒyǒude tānfàn zhōng ， zuì xīyǐn Mèngzǐ de shì mài zhūròu

的小販，他喜歡看屠夫切下一片片的豬肉 並 擺到
de xiǎofàn ， tā xǐhuānkàn túfū qiēxià yípiànpiàn de zhūròubìng bǎidào

桌上 ，讓 經過的人們 挑選 、購買 ，所以 孟子
zhuōshàng ，ràngjīngguò de rénmentiāoxuǎn 、 gòumǎi ， suǒyǐ Mèngzǐ

總是 站在豬肉攤位 旁 ，仔細地 觀察 屠夫如何
zǒngshì zhànzài zhūròu tānwèi páng ， zǐxì de guānchá túfū rúhé

切割肉塊，還有如何吆喝 宣傳 自己賣的肉。
qiēgē ròukuài，háiyǒu rúhé yāohè xuānchuán zìjǐ mài de ròu 。

日子久了，孟子 逐漸 學會 模仿屠夫拿刀切肉
rìzi jiǔle ，Mèngzǐ zhújiàn xuéhuìmófǎng túfū ná dāo qiēròu

的 模樣 ，和 市場 附近的小孩子一起 玩鬧 時，也
de móyàng ，hànshìchǎng fùjìn de xiǎoháizi yìqǐ wánnào shí ， yě

會用 屠夫吆喝的 口吻 來與 玩伴們 交談。孟子的
huìyòng túfū yāohè de kǒuwěn lái yǔ wánbànmen jiāotán 。 Mèngzǐ de

媽媽看到 孟子與其他孩子的 互動之後，認爲 孟子
māma kàndàoMèngzǐ yǔ qítā háizi de hùdòngzhīhòu ，rènwéiMèngzǐ

如果總是 用 商人 討價還價的語氣來 說話 ，就
rúguǒ zǒngshì yòng shāngrén tǎojiàhuánjià de yǔqì lái shuōhuà ， jiù

無法 養成 端正 的人格，因此孟子的媽媽 決定
wúfǎ yǎngchéng duānzhèng de réngé ， yīncǐ Mèngzǐ de māma juédìng

再次帶著孟子搬家到 更 適合他 成長 的 環境 。
zàicì dàizheMèngzǐ bānjiā dàogèng shìhé tā chéngzhǎng de huánjìng 。

這一次，孟子與他的媽媽搬到了一間 小學校
zhèyícì ，Mèngzǐ yǔ tā de māma bāndàole yìjiān xiǎoxuéxiào

旁 。從 一大早開始，就可以聽到 學校 裡 傳出
páng 。cóng yídàzǎo kāishǐ ， jiù kěyǐ tīngdào xuéxiào lǐ chuánchū

學生 朗誦 課本的 聲音 ，從 窗户 望進 教室，
xuéshēng lǎngsòng kèběn de shēngyīn ， cóngchuānghù wàngjìn jiàoshì ，

也能看得到學生 用功 念書的模樣，而且
yě néng kàndedào xuéshēng yònggōng niànshū de móyàng ， érqiě

每天 早上 上課及 傍晚 放學時， 學生 及老師
měitiān zǎoshàng shàngkè jí bāngwǎn fàngxuéshí ， xuéshēng jí lǎoshī

總會 在 學堂 門口 恭敬 地互相 鞠躬、打招呼。
zǒnghuì zài xuétáng ménkǒu gōngjìng de hùxiàng júgōng 、 dǎzhāohū 。

孟子 一開始看到 學校 裡的大哥哥 相互 鞠躬、
Mèngzǐ yìkāishǐ kàndào xuéxiào lǐ de dàgēgē xiānghù júgōng 、

打招呼的樣子，感到十分有趣，所以就跟著他們
dǎzhāohū de yàngzi ， gǎndào shífēn yǒuqù ， suǒyǐ jiù gēnzhe tāmen

一同行禮問好，過了不久，這些舉動就 變成了
yìtóng xínglǐ wènhǎo ， guòlebùjiǔ ， zhèxiē jǔdòng jiù biànchéngle

孟子的習慣，不管到哪裡，孟子都會有禮貌地
Mèngzǐ de xíguàn ， bùguǎn dào nǎlǐ ， Mèngzǐ dōuhuì yǒulǐmàode

向 大家問好。
xiàng dàjiā wènhǎo 。

幾個月後，孟子的母親將 孟子送進了
jǐge yuè hòu ， Mèngzǐ de mǔqīn jiāng Mèngzǐ sòngjìnle

學校，孟子就開始跟著裡頭的 學生 一起念書。
xuéxiào ， Mèngzǐ jiù kāishǐ gēnzhe lǐtóu de xuéshēng yìqǐ niànshū 。

聰明 的孟子學得既快又好，在日復一日、
cōngmíng de Mèngzǐ xué de jì kuài yòu hǎo ， zài rìfùyírì 、

年復一年的努力下，他成了大家熟知的哲學家，
niánfùyìnián de nǔlì xià ， tā chéngle dàjiā shúzhīde zhéxuéjiā ，

而能有如此偉大的成就，他的母親眞是
ér néng yǒu rúcǐ wěidà de chéngjiù ， tā de mǔqīn zhēnshì

功不可沒啊！
gōngbùkěmò a ！

Mencius dan ibunya

Di sejarah china ada beberapa filsuf yang sangat penting, mereka terhadap bidang pendidikan, budaya, politik, sangat berdampak besar, dan Mencius termasuk salah satu di antaranya. Mencius dapat menjadi filsuf yang berbakat, ada hubungannya dengan ibunya yang menjunjung tinggi pendidikan, tetapi juga berkat ibu yang penuh perhatian dan berpandangan jauh ini, sehingga perkembangan filsafat China dapat menjadi sebegitu menariknya.

Ketika Mencius masih kanak kanak, ayahnya telah meninggal dunia, ibu Mencius dalam rangka memfasilitasi ibadah suami, terpaksa dengan Mencius tinggal di dekat taman makam. Karena sering mendengar orang menangis disamping kuburan, atau bersembayang keluarga yang telah meninggal dunia, Mencius yang masih kanak-kanak pertama merasa heran, tetapi lama kelamaan sudah menjadi terbiasa. Jadi, ketika ia sedang bermain dengan teman-temannya, menjadikan acara ibadah duka sebagai permainan, bahkan mereka meniru mimik orang duka yang meratap menangis, supaya permainan menjadi lebih realistis.

Setelah ibu Mencius melihat cara dia bermain dengan teman-temannya, sangatlah khawatir Mencius membuat acara ibadah duka yang hormat dan sedih dianggap sebagai permainan, dan merasa hidup dekat pemakaman Mencius hanya dapat belajar tentang hal-hal pelayat, dengan seperti ini ia tidak dapat tumbuh menjadi orang yang sopan dan berpengetahuan tinggi, karena itu dia berpikir ini bukan lingkungan yang cocok untuk membesarkan anak, jadi dia membawa Mencius pindah tinggal ke tempat lain.

Setelah meninggalkan kuburan, Mencius dan ibunya mereka berdua pindah ke samping pasar. Pasar itu sangat ramai setiap harinya, Mencius sering dengan senangnya berjalan kesana kemari di tengah pasar, melihat bagaimana orang-orang berjualan sayur dan buah-buahan, daging, atau barang-barang kebutuhan sehari-hari. Dan diantara semua pedagang di pasar, yang paling menarik perhatian Mencius adalah si penjual daging babi, dia suka melihat penjagal memotong daging babi lembar perlembar dipajangkannya di atas meja, membiarkan orang yang lewat memilih dan membelinya, karena itu Mencius selalu berdiri di samping kios daging babi, mengamati dengan teliti bagaimana cara penjagal memotong daging, dan bagaimana berteriak untuk mempromosikan daging yang dijualnya.

Seiring waktu berjalan, Mencius lahan perlahan belajar meniru gaya penjagal memotong daging dengan pisau, ketika bermain bersama dengan anak-anak sekitar pasar, berteriak dengan nada bicara si pejagal. Ibu Mencius setelah melihat Mencius berinteraksi dengan anak-anak lain merasa Mencius selalu berbicara dengan nada tawar menawar pedagang akan tidak dapat mengembangkan kepribadian yang benar, dikarenakan ini ibu Mencius memutuskan untuk membawa Mencius pindah lagi ke lingkungan yang lebih cocok untuk pertumbuhannya.

Kali ini, Mencius dan ibunya pindah ke sebelah sebuah sekolah dasar. Sejak pagi, dapat mendengarkan suara murid membaca buku pelajaran sekolah, dari jendela dapat melihat ke dalam kelas, juga dapat melihat rupa murid yang sedang rajin belajar. Setiap hari pagi sebelum masuk sekolah atau sore saat pulang sekolah, para murid dan guru selalu di depan pintu sekolah dengan hormat membungkuk saling menyapa. Mencius sangat tertarik ketika pertama kali melihat rupa kakak-kakak yang membungkuk menyapa satu sama lain, maka Mencius mengikuti cara menyapa mereka yang sopan, tidak lama setelah itu, beberapa gerakan ini telah menjadi kebiasaan Mencius, kemanapun dia pergi Mencius akan menyapa semua orang dengan sopan.

Beberapa bulan kemudian, ibu Mencius mengirim Mencius ke sekolah, Mencius mulai mengikuti pelajaran didalam bersama siswa-siswa. Karena Mencius yang pandai dapat belajar dengan baik dan cepat. Hari demi hari, dari tahun ke tahun upaya kerja kerasnya, ia menjadi seorang filsuf terkenal yang kalian kenal sekarang ini, dan dapat memiliki kesuksesan sebesar ini, kontribusi ibunya benar-benar tidak dapat diabaikan!

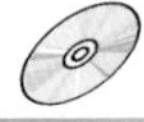

	生詞	漢語拼音	解釋
1	哲學家	zhéxuéjiā	filsuf, ahli filsafat
2	影響	yǐngxiǎng	pengaruh
3	偉大	wěidà	hebat

	生詞	漢語拼音	解釋
4	賢能	xiánnéng	berbudi luhur dan kompeten
5	多虧	duōkuī	berkat
6	精彩	jīngcǎi	menarik
7	蓬勃	péngbó	giat, penuh semangat
8	祭拜	jìbài	sembayang/ibadah
9	過世	gùoshì	meninggal dunia
10	墓園	mùyuán	taman makam
11	送葬	sòngzàng	melayat
12	葬禮	zànglǐ	upacara pemakaman
13	儀式	yíshì	upacara
14	嚎啕大哭	háotáodàkū	tangis/menangis meratapi
15	養育	yǎngyù	memelihara, mendidik
16	知書達禮	zhīshūdálǐ	berpendidikan taat sopan santun
17	穿梭	chuānsuō	berjalan kesana kemari
18	屠夫	túfū	penjagal
19	攤販	tānfàn	pedagang kaki lima
20	吆喝	yāohè	berteriak
21	口吻	kǒuwěn	nada bicara
22	討價還價	tǎojiàhuánjià	tawar menawar
23	朗誦	lǎngsòng	membaca
24	學堂	xuétáng	sekolah
25	恭敬	gōngjìng	dengan hormat
26	鞠躬	júgōng	menyapa dengan membungkukkan badan

十一、杯子裡有蛇
bēizi lǐ yǒu shé

㈠ 文章
wénzhāng

從前，有個叫樂廣的人，個性大方又好客，喜歡邀請好友們到家裡吃飯喝酒，所以他家總是熱熱鬧鬧的。樂廣常邀的朋友中，杜宣可以說最投他的緣，兩人聚在一起談天說地，往往一聊就忘了時間。兩人經常從吃晚餐開始，接著喝酒、吃宵夜，再下棋、玩牌，一路到天亮都不會累。

cóngqián，yǒu ge jiào Yuèguǎng de rén，gèxìng dàfāng yòu hàokè，xǐhuān yāoqǐng hǎoyǒumen dào jiālǐ chīfàn hējiǔ，suǒyǐ tājiā zǒngshì rèrènàonào de。Yuèguǎng chángyāo de péngyǒu zhōng，Dùxuān kěyǐ shuō zuì tóu tā de yuán，liǎngrén jùzài yìqǐ tántiānshuōdì，wǎngwǎng yì liáo jiù wàngle shíjiān。liǎngrén jīngcháng cóngchīwǎncān kāishǐ，jiēzhe hējiǔ、chīxiāoyè，zài xiàqí、wán pái，yílù dàotiānliàngdōu búhuì lèi。

杜宣這人很愛旅行，一次，他又準備到南方走走，這一去就要六個月，樂廣在他走前，慎重地辦了場惜別會。那天晚上，樂廣請杜宣到家裡最豪華的廳堂用餐，廳堂裡處處可見高級的建材和稀有的珠寶，其中最

Dùxuān zhèrén hěn àilǚxíng，yícì，tā yòu zhǔnbèi dào nán fāng zǒuzǒu，zhèyíqù jiù yào liùgeyuè，Yuèguǎng zài tā zǒu qián，shènzhòng de bànle chǎng xíbiéhuì。nàtiān wǎnshàng，Yuèguǎng qǐng Dùxuāndào jiālǐ zuì háohuá de tīngtáng yòngcān，tīngtáng lǐ chùchù kějiàn gāojí de jiàncái hàn xīyǒu de zhūbǎo，qízhōng zuì

珍貴的是，餐桌旁柱子上那副紫紅色的大弓。
zhēnguì de shì，cānzhuōpáng zhùzi shàng nàfù zǐhóngsè de dàgōng。

兩個人坐定後，一如往常，一邊喝酒，一邊
liǎnggerén zuòdìng hòu，yìrúwǎngcháng，yìbiān hējiǔ，yìbiān

聊天，說著說著又忘了時間。最後還是樂廣見
liáotiān，shuōzheshuōzheyòuwàngleshíjiān。zuìhòu háishì Yuèguǎngjiàn

時候不早了，才依依不捨地派車送杜宣回去。
shíhòu bùzǎo le，cái yīyībùshě de pàichē sòng Dùxuān huíqù。

杜宣不在的六個月當中，樂廣家中雖然
Dùxuān búzài de liùgeyuè dāngzhōng，Yuèguǎngjiāzhōng suīrán

仍是高朋滿座，宴會不斷，但是樂廣心裡
réngshì gāopéngmǎnzuò，yànhuì búduàn，dànshì Yuèguǎng xīnlǐ

總是念念不忘杜宣！好不容易杜宣終於回來
zǒngshì niànniànbúwàng Dùxuān！hǎobùróngyì Dùxuān zhōngyú huílái

了，樂廣迫不及待地派僕人去邀請他到家中，
le，Yuèguǎng pòbùjídài de pài púrén qù yāoqǐng tā dàojiāzhōng，

沒想到，僕人卻回來說杜宣讓家人轉告身體
méixiǎngdào，púrén què huílái shuō Dùxuānràng jiārén zhuǎngào shēntǐ

不舒服，不能過去。這讓樂廣覺得很奇怪，
bùshūfú，bùnéng guòqù。zhè ràng Yuèguǎng juédé hěn qíguài，

因爲杜宣一向很健康，而且他應該也很期待和
yīwèi Dùxuān yíxiànghěnjiànkāng，érqiě tā yīnggāi yě hěn qídài hàn

自己碰面啊！然而聽到他的婉拒，也不好意思
zìjǐ pèngmiàn a！ránér tīngdào tāde wǎnjù，yě bùhǎoyìsi

強迫，只能改天再約。之後的一個月內，樂廣
qiángpò，zhǐnéng gǎitiān zài yuē。zhīhòu de yígeyuè nèi，Yuèguǎng

又派人去邀了杜宣好多次，但是怎麼樣都
yòu pài rén qù yāole Dùxuān hǎoduōcì，dànshì zěnmeyàng dōu

找不到他！這讓樂廣覺得很可疑，於是決定
zhǎobúdào tā！zhè ràng Yuèguǎng juéde hěn kěyí，yúshì juédìng

親自 登門 拜訪。結果一到杜宣家，裡面 充滿
qīnzì dēngmén bàifǎng 。 jiéguǒ yídào Dùxuān jiā ， lǐmiàn chōngmǎn

濃濃 的藥味，嗆得 樂廣 直掉眼淚。再仔細
nóngnóng de yàowèi ， qiàng de Yuèguǎng zhí diàoyǎnlèi 。 Zài zǐxì

一看，杜宣雖然好好地坐在椅子 上，但臉色
yíkàn ， Dùxuān suīrán hǎohǎo de zuòzài yǐzi shàng ， dàn liǎnsè

很差，整個人瘦了一大圈！杜宣說，自從出發
hěnchā ， zhěnggerén shòule yídàquān ！ Dùxuānshuō ， zìcóng chūfā

前一天在 樂廣 家喝酒，在酒杯 中 看到一條
qiányìtiān zài Yuèguǎng jiā hējiǔ ， zài jiǔbēi zhōng kàndào yìtiáo

紅色的小蛇，他就病倒了，甚至沒有按照計畫
hóngsè de xiǎoshé ， tā jiù bìngdǎo le ， shènzhì méiyǒu ànzhào jìhuà

去旅行。樂廣 想了又想，怎麼樣都不可能
qù lǚxíng 。 Yuèguǎng xiǎng le yòu xiǎng ， zěnmeyàng dōu bùkěnéng

讓好友喝到有蛇的酒啊！便跑回家，走進那晚
ràng hǎoyǒu hēdào yǒu shé de jiǔ a ！ biànpǎo huíjiā ， zǒujìn nàwǎn

的廳堂，並坐在杜宣當天坐的位子上喝酒，
de tīngtáng ， bìng zuòzài Dùxuān dāngtiān zuò de wèizi shàng hējiǔ ，

結果杯中 真的有條 小紅蛇！吃驚之餘，他回頭
jiéguǒ bēizhōngzhēndeyǒutiáoxiǎohóngshé ！ chījīng zhīyú ， tā huítóu

向上 看，這一看找出了原因，原來是柱子
xiàngshàng kàn ， zhè yíkàn zhǎochū le yuányīn ， yuánlái shì zhùzi

上的弓，反射 形成 倒影，那倒影看起來就
shàng de gōng ， fǎnshè xíngchéng dàoyǐng ， nà dàoyǐng kànqǐlái jiù

像 一條小蛇。真相大白後，樂廣 開心地請
xiàng yìtiáo xiǎoshé 。 zhēnxiàngdàbái hòu ， Yuèguǎng kāixīn de qǐng

人帶杜宣來家裡，然後仔細地解釋前因後果 讓
rén dài Dùxuān lái jiālǐ ， ránhòu zǐxì de jiěshì qiányīnhòuguǒ rang

杜宣知道。杜宣 明白 後，沒多久，病就好了。
Dùxuān zhīdào 。 Dùxuān míngbái hòu ， méiduōjiǔ ， bìng jiù hǎole 。

之後，兩個人又開始 高高興興 地聚餐了！
zhīhòu ， liǎnggerén yòu kāishǐ gāogāoxìngxìng de jùcān le ！

Ular dalam cawan

Dahulu kala, ada seorang pria bernama Yue Guang, kepribadiannya sangat lapangan dada dan suka bergaul, suka mengundang teman-teman ke rumah untuk makan dan minum anggur, maka rumahnya selalu bersuasana ramai. Diantara teman-teman Yue Guang yang sering diundangnya, bisa dikata Du Xuan adalah teman yang paling cocok dengannya, ketika berdua kumpul bersama mengobrol, sering kali waktu terlupakan. Mereka sering dari awal makan malam, dilanjuti dengan minum arak, makan kudapan malam, lalu main catur, main kartu, hingga fajar pun tidak merasa lelah.

Du Xuan orang ini sangat suka berwisata, sekali, dia bersiap-siap untuk berpergian ke Selatan, kali ini dia akan pergi untuk selama enam bulan, sebelum dia pergi Yue Guang mengadakan pesta perpisahan. Malam itu, Yue Guang mengundang Du Xuan makan di ruang makan yang paling mewah dirumahnya, di ruang besar ini bisa dilihat material bangunan yang berkelas tinggi dan perhiasan panjangan yang langka, yang paling langka adalah busur besar berwarna ungu yang tergantung di samping tiang meja makan. Seperti biasanya, sambil minum anggur sambil berbicara dan waktu terlupakan. Akhirnya Yue Guang melihat waktu sudah larut malam, dengan hati yang berat memanggil kendaraan untuk mengantar Du Xuan pulang.

Diwaktu Du Xuan tidak ada selama enam bulan itu, rumah Yue Guang meskipun masih ramai penuh dengan teman, makan malam yang tak ada hentinya, tetapi hati Yue Guang selalu merindukan Du Xuan! Akhirnya Du Xuan kembali, Yue Guang dengan tidak sabarnya mengirim seorang pelayan untuk mengundang dia ke rumahnya, tidak diduga, pelayannya kembali dan berkata Du Xuan kurang enak badan, tidak bisa pergi. Hal ini membuat Yue Guang merasa sangat heran, karena Du Xuan selalu sangat sehat, dan seharusnya Du Xuan juga sangat berharap berjumpa dengan dia! Namun, ia mendengar tolakan halusnya, juga tidak enak hati memaksa, hanya bisa janji di lain hari. Dalam kurun waktu satu bulan, Yue Guang mengirim orang untuk mengundang Du Xuan berkali-kali, tapi bagaimanapun tidak dapat menemukannya! Hal ini membuat Yue Guang merasa sangat curiga, maka dari itu dia mengambil keputusan untuk mengunjunginya sendiri. Setiba di rumah Du Xuan, seisi rumah penuh dengan bau obat yang keras, Yue Guang tersedak sehingga mengeluarkan air mata. Setelah dilihat dengan teliti, biarpun Du Xuan sedang duduk di kursi, tapi raut wajahnya sangat buruk, seluruh badannya menjadi kurus! Du Xuan mengatakan sejak dari satu hari sebelum berangkat, di rumah Yue Guang minum anggur, dia melihat ada seekor ular merah kecil di dalam gelas anggur, lalu ia jatuh sakit, bahkan tidak sesuai dengan rencana pergi berwisata. Yue Guang berpikir berulang-ulang, bagaimanapun juga tidaklah mungkin ia membiarkan teman baik untuk minum anggur yang ada ularnya! Dia berlari pulang ke rumah, masuk ke ruang malam itu, dan duduk di kursi yang pernah Du Xuan duduki lalu minum, akhirnya terlihat di dalam gelas benar ada seekor ular merah kecil! Lebih dari terkejut, melihat keatas dan mengetahui alasannya, ternyata busur di atas pilar mencerminkan bayangan gambar terbalik, bayangan terbalik itu terlihat seperti seekor ular kecil. Setelah diketahui sebab sebenarnya, Yue Guang dengan gembira mengundang Du Xuan datang ke rumahnya, lalu menjelaskan sebab dan akibat kejadiannya agar Du Xuan mengetahuinya. Setelah Du Xuan mengerti, tidak lama kemudian penyakitnya sembuh. Setelah itu, dua teman baik itu mulai dengan senang hati berkumpul untuk makan malam lagi!

(三) 名詞解釋 míng cí jiě shì

	生詞	漢語拼音	解釋
1	大方	dàfāng	murah hati
2	好客	hàokè	ramah, senang menjamu
3	熱熱鬧鬧	rèrènàonào	ramai, hidup
4	談天說地	tántiānshuōdì	mengobrol
5	慎重	shènzhòng	berhati-hati
6	惜別會	xíbiéhuì	pesta perpisahan
7	豪華	háohuá	mewah
8	廳堂	tīngtáng	aula
9	高級	gāojí	elit, berkelas tinggi
10	稀有	xīyǒu	langka
11	珍貴	zhēnguì	berharga
12	依依不捨	yīyībùshě	enggan berpisah, dengan hati yang berat
13	高朋滿座	gāopéngmǎnzuò	dipenuhi dengan teman
14	念念不忘	niànniànbúwàng	tidak terlupakan, ingat terus

	生詞	漢語拼音	解釋
15	迫不及待	pòbùjídài	tidak sabar untuk
16	婉拒	wǎnjù	menolak halus
17	強迫	qiángpò	memaksa
18	可疑	kěyí	curiga
19	按照	ànzhào	menurut, berdasarkan
20	吃驚	chījīng	terkejut
21	反射	fǎnshè	Mencerminkan, refleksi
22	形成	xíngchéng	terbentuk
23	倒影	dàoyǐng	bayangan terbalik
24	真相大白	zhēnxiàngdàbái	diketahui kenyataan sebenarnya
25	前因後果	qiányīnhòuguǒ	penyebab, asal usul
26	誠懇	chéngkěn	tulus

十二、背負重物的小蟲

bēifù zhòngwù de xiǎochóng

(一) 文章
wénzhāng

在著名的希臘神話中，有個名叫
zài zhùmíng de Xīlà shénhuà zhōng，yǒu ge míngjiào

西西弗斯的人，他因爲犯了錯，所以被地獄之神
Xīxīfúsī de rén，tā yīnwèi fàn le cuò，suǒyǐ bèi dìyù zhī shén

處罰搬石頭。這個處罰可眞不輕鬆，因爲地獄
chǔfá bān shítóu。zhège chǔfá kě zhēn bù qīngsòng，yīnwèi dìyù

之神要他將石頭從山腳下搬到山頂，安放好
zhī shén yào tā jiāng shítóu cóng shānjiǎo xià bāndào shāndǐng，ānfànghǎo

後，才能算是完成任務。但是，可憐的
hòu，cái néng suànshì wánchéng rènwù。dànshì，kělián de

西西弗斯，每當他千辛萬苦地將巨石推到山頂
Xīxīfúsī，měidāng tā qiānxīnwànkǔ de jiāng jùshí tuī dào shāndǐng

的時候，石頭卻又骨碌骨碌地滾回山谷，因此他
de shíhòu，shítóu quèyòu gulugulu de gǔn huí shāngǔ，yīncǐ tā

只能一次又一次地重來，完完全全沒有休息
zhǐnéng yícì yòu yícì de chónglái，wánwánquánquán méiyǒu xiūxí

的一天。
de yìtiān。

在中國也有一個很類似的故事，但故事
zài zhōngguó yě yǒu yíge hěn lèisì de gùshì，dàn gùshì

中搬東西的並不是人，而是一隻小小的蟲子。
zhōng bān dōngxi de bìngbúshì rén，érshì yìzhī xiǎoxiǎo de chóngzi。

話說這隻小小的蟲子很善於搬運東西，而且
huàshuō zhèzhī xiǎoxiǎo de chóngzi hěn shànyú bānyùn dōngxi，érqiě

還可以邊走邊撿拾路上的東西。只見牠背上
hái kěyǐ biānzǒubiān jiǎnshí lùshàng de dōng xi 。zhǐjiàn tā bèishàng

的東西愈堆愈高，而牠卻絲毫不嫌重，頭抬得
de dōngxi yù duī yù gāo ， ér tā què sīháo bùxián zhòng ， tóu tái de

高高的，步伐也沒放慢，一樣繼續往前走，
gāogāo de ， bùfá yě méi fàngmàn ， yíyàng jìxù wǎngqián zǒu ，

一副很驕傲的樣子。
yífù hěn jiāoào de yàngzi 。

正因爲小蟲子以自己能背重物爲榮，
zhèng yīnwèi xiǎochóngzi yǐ zìjǐ néng bēi zhòngwù wéi róng ，

所以即便背上物件的重量已經壓得牠喘不過
suǒyǐ jíbiàn bèishàng wùjiàn de zhòngliàng yǐjīng yā de tā chuǎn bú guò

氣，都快走不動了，牠仍然吃力地向前行，
qì ， dōu kuài zǒu bú dòng le ， tā réngrán chīlì de xiàngqián xíng ，

完全沒有要停下來休息的意思。有時候，人們
wánquán méiyǒu yào tíng xià lái xiūxí de yìsi 。yǒushíhòu ， rénmen

看小蟲子舉步維艱的樣子很可憐，就主動幫
kàn xiǎochóngzi jǔbù wéijiān de yàngzi hěn kělián ， jiù zhǔdòng bāng

牠拿掉背上的東西，讓牠喘口氣休息一下。但
tā nádiào bèishàng de dōngxi ， ràng tā chuǎnkǒuqì xiūxí yíxià 。dàn

小蟲子似乎不領情，依然放不下身邊的東西，
xiǎochóngzi sìhū bù lǐngqíng ， yīrán fàngbúxià shēnbiān de dōngxi ，

於是又再度撿拾身旁的塵土，繼續向前走去，
yúshì yòu zàidù jiǎnshí shēnpáng de chéntǔ ， jìxù xiàngqián zǒu qù ，

而且還專挑難走的斜坡，一路向高處爬去。
érqiě hái zhuāntiāo nánzǒu de xiépō ， yílù xiàng gāochù páqù 。

一步接著一步，氣力都快用光了，也還是
yíbù jiēzhe yíbù ， qìlì dōu kuài yòngguāng le ， yě háishì

不肯停下來！結果，身背重物，又一路向上
bùkěn tíng xià lái ！ jiéguǒ ， shēn bēi zhòngwù ， yòu yílù xiàngshàng

爬，最後就只能 面對 失去 平衡 而 摔倒 死去 的
pá ， zuìhòu jiù zhǐnéng miànduì shīqù pínghéng ér shuāidǎo sǐqù de

後果。
hòuguǒ 。

你們說 這種 小蟲子和西西弗斯 像不像 ？
nǐmen shuō zhèzhǒng xiǎochóngzihàn Xīxīfúsī xiàngbúxiàng ？

兩者 都企圖 將 重物 從 山腳下 運到 山頂，
liǎngzhě dōu qìtú jiāng zhòngwù cóng shānjiǎoxià yùndào shāndǐng ，

並且一樣都失敗了。其實，抓著錢財或權力不放
bìngqiěyíyàngdōu shībài le 。 qíshí ， zhuāzheqiáncáihuò quánlì búfàng

的人們，不也像 小蟲子 一樣？ 明明 背上
de rénmen ， bù yě xiàng xiǎochóngzi yíyàng ？ míngmíng bèishàng

的東西已經夠多夠 重 了，成了「守財奴」、
de dōngxi yǐjīng gòuduōgòuzhòng le ， chéngle 「 shǒucáinú 」

「守權奴」，卻還要更多！最後，是否家人
「 shǒuquánnú 」 ， què háiyào gèngduō ！ zuìhòu ， shìfǒu jiārén

沒了、朋友沒了、時間也沒了，人們才會 清醒
méile 、 péngyǒu méile 、 shíjiān yě méile ， rénmen cáihuì qīngxǐng

呢？
ne ？

Ulat kecil yang memikul beban berat

Di cerita dongeng Yunani yang terkenal, Ada seorang pria yang bernama Xi Xi Fu Si, karena ia melakukan kesalahan, maka ia dihukum memindahkan batu oleh dewa neraka. Hukuman ini sangatlah tidak ringan, karena Dewa neraka ingin dia memindahkan batu dari kaki gunung sampai ke puncak gunung, setelah meletakkan batu di posisi yang baik, barulah bisa dianggap selesai tugasnya. Namun, Xi Xi Fu Si yang malang, saat setiap dia dengan bersusah payahnya mendorong batu besar ke puncak gunung, tetapi batu di puncak bergulir jatuh kembali lagi ke lembah, karena ini ia harus memulai lagi berulang kali, tidak ada satu haripun untuk beristirahat.

Di Tiongkok juga ada cerita yang amat serupa dengan cerita itu, tetapi di cerita ini yang memindahkan benda bukan seseorang, melainkan seekor ulat kecil. Menurut cerita ulat kecil ini sangat pandai memindahkan barang, dan juga bisa sambil berjalan sambil memungut. barang, hanya dapat melihat benda yang ditumpuk dipunggungnya semakin tinggi, tetapi dia sama sekali tidak mengeluh berat, mengangkat kepalanya tinggi-tinggi, langkahnya pun tidak melambat, terus bergerak maju, terlihat sangatlah bangga.

Karena inilah si ulat kecil merasa suatu kebanggaan bahwa dirinya dapat memikul benda berat, maka biarpun beban barang yang dipikulnya membuat dia tertekan sehingga dia sulit untuk bernapas, hampir membuatnya tidak dapat meneruskan langkahnya, dia masih juga berjuang untuk maju kedepan, sama sekali tidak ada niat untuk berhenti untuk beristirahat. Terkadang, orang-orang sangat kasihan melihat ulat kecil itu dengan bersusah payah melangkah, berinisiatif membantu menghilangkan barang dipunggungnya, agar dia dapat beristirahat sejenak. Akan tetapi si ulat kecil tampaknya tidak menghargai itu, masih belum dapat melepaskan barang dibadannya, lalu memungut lagi debu di badan terus berjalan dan sengaja memilih jalan tanjakan yang sulit, mendaki ke atas. Selangkah demi selangkah, tenaganya pun sudah hampir habis, tetapi masih juga tidak mau berhenti! Akibatnya, beban yang dipikul terlalu berat, dan sepanjang jalan mendaki ke atas, akhirnya kehilangkan keseimbangan dan terjatuh mati.

Kalian lihat serupakah ulat kecil ini dengan Xi Xi Fu Si? Dua-duanya berusaha memindahkan benda berat dari bawah kaki gunung menuju ke puncak gunung, dan dua-duanya sama-sama gagal. Sebenarnya, seperti orang-orang yang memegang harta dan kedudukan jabatan dengan erat-erat, tidakkah sama seperti ulat kecil itu? Jelas-jelas benda dipunggungnya sudah cukup banyak dan berat, menjadi "budak penjaga harta", "budak mempertahan hak", masih juga mengharapkan lebih banyak lagi! Pada akhirnya, apakah ketika keluarga tiada, teman-teman tiada, waktu pun hilang, barulah orang itu akan sadar?

(三) 名詞解釋
míng cí jiě shì

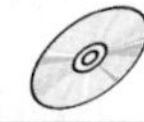

	生詞	漢語拼音	解釋
1	著名	zhùmíng	terkenal
2	希臘	Xīlà	yunani
3	神話	shénhuà	dongeng
4	處罰	chǔfá	dihukum, hukuman
5	輕鬆	qīngsōng	ringan/mudah
6	山頂	shāndǐng	puncak gunung
7	任務	rènwù	tugas
8	千辛萬苦	qiānxīnwànkǔ	susah payah
9	骨碌骨碌	gulugulu	bergulir, menggelinding
10	善於	shànyú	pandai
11	撿拾	jiǎnshí	memungut
12	絲毫	sīháo	sedikit pun, sama sekali
13	驕傲	jiāoào	sombong/dengan bangga
14	吃力	chīlì	makan tenaga
15	舉步維艱	jǔbùwéijiān	sulit melangkah

	生詞	漢語拼音	解釋
16	可憐	kělián	kasihan
17	企圖	qìtú	upaya/usaha
18	錢財	qiáncái	harta/uang
19	權力	quánlì	kekuasaan
20	反省	fǎnxǐng	introspeksi diri
21	固執	gùzhí	bersikeras
22	謙虛	qiānxū	rendah hati
23	奴隸	núlì	budak

十三、塞翁失馬
sàiwēng shī mǎ

㈠ 文章
wénzhāng

你有東西不見的經驗嗎？東西丟掉時是不是
nǐ yǒu dōngxi bújiàn de jīngyàn ma ？ dōngxi diūdiào shí shìbúshì

很難過、很沮喪呢？其實，東西不見了，並
hěn nánguò 、 hěn jǔsàng ne ？ qíshí ， dōngxi bújiàn le ， bìng

不一定是件壞事，有時它反而可能帶來意想不到
bùyídìng shì jiàn huàishì ， yǒushí tā fǎnér kěnéng dàilái yìxiǎngbúdào

的結果。有一個中國古老的故事就在講這麼
de jiéguǒ 。 yǒu yíge Zhōngguó gǔlǎo de gùshì jiù zài jiǎng zhème

一件事，現在我們一起來看看吧！
yíjiàn shì ， xiànzài wǒmen yìqǐ lái kànkàn ba ！

在靠近廣大草原的邊界，住著一位擅長
zài kàojìn guǎngdà cǎoyuán de biānjiè ， zhù zhe yíwèi shàncháng

馴服馬的老人和他的兒子。他們養了許多匹馬，
xùnfú mǎ de lǎorén hàn tā de érzi 。 tāmen yǎng le xǔduō pī mǎ ，

每匹馬都能跑得又快又遠又不容易疲累，
měi pī mǎ dōu néng pǎo de yòu kuài yòu yuǎn yòu bùróngyì pílèi ，

正因如此，老人所馴養的馬成了大家心目中的
zhèngyīnrúcǐ ， lǎorén suǒ xùnyǎng de mǎ chéng le dàjiā xīnmùzhōng de

第一選擇，雖然他們的馬價錢高了點，但卻賣得
dìyī xuǎnzé ， suīrán tāmen de mǎ jiàqián gāolediǎn ， dànquè mài de

非常好。
fēichánghǎo 。

有一天，老人家中最好的一匹馬無緣無故地
yǒuyìtiān ， lǎorén jiāzhōng zuìhǎo de yìpī mǎ wúyuánwúgù de

越過圍欄、穿越邊界，跑到了草原的另一頭！
yuèguò wéilán 、 chuānyuè biānjiè ， pǎodào le cǎoyuán de lìngyìtóu ！

由於事情發生得太突然，老人和兒子根本來不及
yóuyú shìqíng fāshēng de tài túrán ， lǎorén hàn érzi gēnběn láibùjí

追。鄰居們知道後都很驚訝，但他們也沒能幫
zhuī 。 línjūmen zhīdào hòu dōu hěn jīngyà ， dàn tāmen yě méinéng bāng

得上忙，只能安慰老人說：「不要難過，
de shàng máng ， zhǐnéng ānwèi lǎorén shuō ： 「 búyào nánguò ，

你還有很多好馬。」說也奇怪，老人看起來
nǐ háiyǒu hěnduō hǎomǎ 。 」 shuōyěqíguài ， lǎorén kànqǐlái

一點也不悲傷。聽了鄰居的安慰，只是淡淡
yìdiǎnyěbù bēishāng 。 tīng le línjū de ānwèi ， zhǐshì dàndàn

地回答：「丟了馬，究竟是福？是禍？誰知道
de huídá ： 「 diūle mǎ ， jiùjìng shì fú ？ shì huò ？ shuí zhīdào

呢！」過了幾個月，跑丟了的馬竟然回來了，
ne ！ 」 guòle jǐgeyuè ， pǎodiūle de mǎ jìngrán huíláile ，

而且還帶回一匹毛色光滑、跑起來飛快的
érqiě hái dàihuí yìpī máosè guānghuá 、 pǎoqǐlái fēikuài de

駿馬！人們看見了，直誇不可思議，個個張口
jùnmǎ ！ rénmen kànjiànle ， zhí kuā bùkěsīyì ， gègè zhāngkǒu

恭喜老人：「你的運氣眞好啊！不僅原本的
gōngxǐ lǎorén ： 「 nǐ de yùnqì zhēnhǎo a ！ bùjǐn yuánběn de

馬回來了，還多一匹駿馬！」沒想到，老人也
mǎ huíláile ， hái duō yìpī jùnmǎ ！ 」 méixiǎngdào ， lǎorén yě

不顯得開心，依然淡淡地說：「馬回來了，是
bù xiǎnde kāixīn ， yīrán dàndàn de shuō ： 「 mǎ huílái le ， shì

福？是禍？誰知道呢！」自從家中多了那匹
fú ？ shì huò ？ shuí zhīdào ne ！ 」 zìcóng jiāzhōng duō le nà pī

漂亮的駿馬，老人的兒子便天天歡喜地騎著牠
piàoliàng de jùnmǎ ， lǎorén de érzi biàn tiāntiān huānxǐ de qí zhe tā

到處遊玩，享受大家羡慕的眼光。結果一個
dàochù yóuwán，xiǎngshòu dàjiā xiànmù de yǎnguāng。jiéguǒ yíge

不小心，從馬背上跌了下來，把大腿跌斷了！
bùxiǎoxīn，cóng mǎbèi shàng dié le xià lái，bǎ dàtuǐ diéduàn le！

好事的鄰居聽聞這個意外後，又急急忙忙地
hàoshì de línjū tīngwén zhège yìwài hòu，yòu jíjímángmáng de

跑去安慰老人：「唉，這匹馬本來就是匹野馬，
pǎoqù ānwèi lǎorén：「āi，zhè pī mǎ běnlái jiùshì pī yěmǎ，

個性剛烈，會摔下來不是你兒子的問題，你就別
gèxìng gāngliè，huì shuāixiàlái búshì nǐ érzi de wèntí，nǐ jiù bié

太難過了。」不用鄰居安慰，其實，老人根本就
tài nánguò le。」búyòng línjū ānwèi，qíshí，lǎorén gēnběn jiù

不擔心。所以他還是那句話：「發生這意外，是
bùdānxīn。suǒyǐ tā háishì nà jù huà：「fāshēng zhè yìwài，shì

福？是禍？誰知道呢！」
fú？shì huò？shuí zhīdào ne！」

老人的兒子摔斷腿後，又過了一年，
lǎorén de érzi shuāiduàn tuǐ hòu，yòu guòle yìnián，

沒想到鄰近的部落竟然爲了糧食，攻打到老人
méixiǎngdào línjìn de bùluò jìngrán wèile liángshí，gōngdǎ dào lǎorén

居住的村落裡來！爲了保衛家園，村子裡的年
jūzhù de cūnluò lǐ lái！wèile bǎowèi jiāyuán，cūnzi lǐ de nián

輕男子個個都要上戰場。但是，老人的兒子
qīng nánzi gègè dōuyào shàngzhànchǎng。dànshì，lǎorén de érzi

卻因跌斷了腿，跛了腳，所以不用上戰場。
què yīn diéduàn le tuǐ，bǒ le jiǎo，suǒyǐ búyòng shàngzhànchǎng。

經過激烈的戰爭，十分之九的年輕人都戰死
jīngguò jīliè de zhànzhēng，shífēnzhījiǔ de niánqīngrén dōu zhànsǐ

了。然而，老人和他跛腳的兒子卻平安無事地
le。ránér，lǎorén hàn tā bǒjiǎo de érzi què píngānwúshì de

活下來。故事的發展確實如老人所說的，是福？
huóxiàlái 。 gùshì de fāzhǎn quèshí rú lǎorén suǒshuō de ， shì fú ？

是禍？誰知道呢！
shì huò ？ shuí zhīdào ne ！

Keuntungan berkat kehilangan

Apakah kamu pernah mengalami kehilangan sesuatu? Ketika kehilangan sesuatu akankah merasa sedih, sangat kesal? Sebenarnya, jika saat barang hilang, tidak selalu berarti buruk, tapi terkadang dapat membawa hasil yang tidak pernah dikira. Ada sebuah kisah kuno Tiongkok bercerita tentang hal seperti ini, dan sekarang mari kita lihat bersama!

Di dekat perbatasan padang rumput yang luas, tinggallah seorang orang tua penjinak kuda dan anaknya. Mereka memelihara banyak kuda, setiap kuda dapat berlari dengan cepat, jauh dan juga tidak mudah lelah, maka karena itu, kuda yang dipelihara oleh orang tua ini menjadi pilihan utama di mata semua orang, meskipun harga kuda mereka lebih tinggi daripada umumnya, tetapi penjualan mereka sangat baik.

Suatu hari, kuda terbaik mereka melewati pagar tanpa alasan melintasi perbatasan, lari ke sisi lain padang rumput! Karena hal ini terjadi begitu tiba-tiba, orang tua dan anaknya sama sekali tidak punya waktu untuk mengejarnya. Setelah tetangga mengetahuinya mereka sangat terkejut, tetapi mereka juga tidak dapat membantu, hanya bisa menghibur orang tua itu dengan berkata: "Jangan bersedih, kamu masih memiliki banyak kuda yang baik.".

Anehnya, orang tua terlihat tidak sedih sedikitpun. Setelah mendengar hiburan dari tetangga, hanya dengan tenang menjawab: "Kehilangan kuda, sebenarnya adalah berkat atau bencana? siapa yang tahu?".

Setelah beberapa bulan, kuda yang hilang tidak diduga kembali, selain itu membawa kembali juga kuda berambut halus yang dapat berlari dengan sangat cepat! Orang-orang melihatnya, benar-benar tidak dapat dipercaya dan memujinya, semua menyelamati orang tua: "Kamu benar-benar sangat beruntung! Bukan hanya kudamu kembali, malah tambah seekor kuda yang bagus!"

Tidak diduga, orang tua tidak terlihat gembira, masih dengan santai mengatakan: "Kuda itu kembali, merupakan berkat? atau bencana? siapa yang tahu!". Sejak dirumah tambah seekor kuda bagus itu, anak dari orang tua dengan gembira setiap hari bermain menunggangi kuda bagus itu, menikmati pandangan iri dari semua orang desa. Akhirnya karena ceroboh, ia terjatuh dari kuda, patah tulang pahanya!

Masih baik setelah tetangga yang mendengar bencana tak terduga ini, dengan segera menghibur orang tua lagi: "Oh, kuda ini sebenarnya memang seekor kuda liar, kepribadiannya pantang menyerah, bisa terjatuh dari kuda bukan kesalahan anak kamu, kamu jangan terlalu sedih.". Tanpa hiburan dari tetangga sekalipun, sebenarnya orang tua sama sekali tidak merasa khawatir. Maka dia masih berkata sama: "Kecelakaan ini terjadi, adalah berkat? atau bencana? Siapa yang tahu!"

Setelah anak orang tua itu terjatuh dari kuda patah kakinya, satu tahun telah berlalu, tidak disangka, suku tetangga demi pangan menyerang desa yang mereka tinggali! Untuk melindungi kampung halaman, para pemuda desa mereka semua harus turun ke medan perang. Namun, karena anak orang tua itu patah kakinya, maka tidak dikirim ke medan perang.

Melewati peperangan yang hebat, 9 dari 10 pemuda desa jadi korban peperangan. Namun, orang tua dan anaknya yang patah kaki melewati hidup dengan selamat. Perkembangan dari sebuah cerita memang seperti kata orang tua itu, kejadian ini adalah berkat? Atau bencana? Siapa yang tahu!

	生詞	漢語拼音	解釋
1	意想不到	yìxiǎngbúdào	tidak terduga, tidak terbayang
2	邊界	biānjiè	perbatasan
3	擅長	shàncháng	pandai
4	馴服	xùnfú	menjinakkan
5	疲累	pílèi	letih
6	正因如此	zhèngyīnrúcǐ	karena alasan ini
7	無緣無故	wúyuánwúgù	tanpa sebab
8	圍欄	wéilán	pagar
9	福	fú	keberuntungan
10	禍	huò	bencana
11	光滑	guānghuá	licin
12	不可思議	bùkěsīyì	tidak dapat dipercaya, tidak dapat dibayangkan
13	剛烈	gāngliè	keras, pantang menyerah
14	部落	bùluò	suku
15	保衛	bǎowèi	menjaga/membela

	生詞	漢語拼音	解釋
16	家園	jiāyuán	kampung halaman
17	跛腳	bǒjiǎo	cacat kaki
18	激烈	jīliè	sengit, hebat
19	平安無事	píngānwúshì	selamat tanpa insiden
20	打仗	dǎzhàng	perang
21	平常心	píngchángxīn	keseimbangan hati
22	炫耀	xuànyào	memamerkan
23	入侵	rùqīn	menyerang, menyerbu

十四、蛇有沒有腳
shé yǒuméiyǒu jiǎo

㈠ 文章
wénzhāng

從前，在楚國有個商人，他很迷信，
cóngqián，zài Chǔguó yǒu ge shāngrén，tā hěn míxìn，

每次遇到重要的節日，一定要在家裡舉辦盛大
měicì yùdào zhòngyào de jiérì，yídìng yào zài jiālǐ jǔbàn shèngdà

的祭祀活動，並準備豐盛的供品給神明
de jìsì huódòng，bìng zhǔnbèi fēngshèng de gòngpǐn gěi shénmíng

享用。他相信這樣祭拜神明，神明們一定
xiǎngyòng。tā xiāngxìn zhèyàng jìbài shénmíng，shénmíngmen yídìng

會保佑他平安、健康、賺大錢。可是他對自己
huìbǎoyòu tā píngān、jiànkāng、zuàn dà qián。kěshì tā duì zìjǐ

的僕人很小氣！由於他經常舉行祭祀，所以
de púrén hěn xiǎoqì！yóuyú tā jīngcháng jǔxíng jìsì，suǒyǐ

家裡祭拜過後的供品，不管是牛肉、豬肉、魚肉
jiālǐ jìbài guòhòu de gòngpǐn，bùguǎn shì niúròu、zhūròu、yúròu

或是水果，常常都多到吃不完。然而這個
huòshì shuǐguǒ，chángcháng dōu duōdào chībùwán。ránér zhège

小氣的商人寧可把食物放到壞掉，也不願意
xiǎoqì de shāngrén níngkě bǎ shíwù fàngdào huàidiào，yě búyuànyì

拿出來讓僕人吃，幫僕人增加菜色。
náchūlái ràng púrén chī，bāng púrén zēngjiā càisè。

有一天，祭祀過後，商人家中一個叫林庭
yǒuyìtiān，jìsì guòhòu，shāngrén jiāzhōng yíge jiào Líntíng

的僕人，在收拾供品時，忍不住偷偷地把一瓶
de púrén，zài shōushí gòngpǐn shí，rěnbúzhù tōutōu de bǎ yìpíng

酒藏了起來。他心想：「既然沒辦法吃到肉，
jiǔ cáng le qǐlái 。 tā xīnxiǎng ： 「 jìrán méibànfǎ chīdào ròu ，

那麼喝點小酒總可以吧！」沒想到這舉動被
nàme hē diǎn xiǎojiǔ zǒng kěyǐ ba ！ 」 méixiǎngdào zhè jǔdòng bèi

其他兩三個僕人看到了。俗話説，見者有分，
qítā liǎngsān ge púrén kàndào le 。 súhuà shuō ， jiànzhě yǒufèn ，

見到的人無不要求林庭把酒拿出來一起享用，
jiàndào de rén wúbù yāoqiú Líntíng bǎ jiǔ náchūlái yìqǐ xiǎngyòng ，

要不然就要去告發他。在逼不得已的情況
yàobùrán jiù yào qù gàofā tā 。 zài bībùdéyǐ de qíngkuàng

之下，林庭只好答應他們了。但是，一想到一瓶
zhīxià ， Líntíng zhǐhǎo dāyìng tāmen le 。 dànshì ， yìxiǎngdào yìpíng

小酒要四個人分著喝，就愈想愈不服氣！於是他
xiǎojiǔ yào sìge rén fēnzhe hē ， jiù yùxiǎngyù bùfúqì ！ yúshì tā

提議來場比賽，看誰能先畫好一條蛇，就能
tíyì lái chǎng bǐsài ， kàn shéi néng xiān huàhǎo yìtiáo shé ， jiù néng

獨自享用那瓶酒。大家都覺得這個提議有趣又
dúzì xiǎngyòng nàpíng jiǔ 。 dàjiā dōu juéde zhège tíyì yǒuqù yòu

公平，所以就紛紛同意了。接著眾人便拿起
gōngpíng ， suǒyǐ jiù fēnfēn tóngyì le 。 jiēzhe zhòngrén biàn náqǐ

地上的樹枝，開始在地上畫蛇。由於點子是林庭
dìshàng de shùzhī ， kāishǐ zài dìshàng huàshé 。 yóuyú diǎnzi shì Líntíng

想出來的，所以他老早就想好要怎麼畫才能
xiǎngchūlái de ， suǒyǐ tā lǎozǎo jiù xiǎnghǎo yào zěnme huà cái néng

最快完成，只見他兩三下就把蛇的模樣勾勒
zuìkuài wánchéng ， zhǐjiàn tā liǎngsānxià jiù bǎ shé de móyàng gōulè

出來了。畫完後，林庭便開心地拿起酒瓶，
chūlái le 。 huàwán hòu ， Líntíng biàn kāixīn de náqǐ jiǔpíng ，

看著其他人慢吞吞地畫畫，心裡得意得很！
kànzhe qítārén màntūntūn de huàhuà ， xīnlǐ déyì dehěn ！

這時，他 想 ：「看他們 笨手笨腳 的樣子 眞
zhèshí ， tā xiǎng ：「 kàn tāmen bènshǒubènjiǎo de yàngzi zhēn

好笑 ，反正 我還有時間，不如多畫一些吧！」
hǎoxiào ，fǎnzhèng wǒ háiyǒu shíjiān ， bùrú duōhuà yìxiē ba ！」

便給蛇加上了四隻腳。這時，有一個人也 畫完
biàn gěi shé jiāshàng le sìzhī jiǎo 。 zhèshí ，yǒu yíge rén yě huàwán

了，他一把 搶過 林庭的酒瓶，仰頭 喝了起來。
le ， tā yìbǎ qiǎngguò Língtíng de jiǔpíng ，yǎngtóu hēle qǐlái 。

林庭很生氣，大聲 質問他爲什麼 搶 他的酒，
Língtíng hěn shēngqì ，dàshēng zhíwèn tā wèishénme qiǎng tā de jiǔ ，

自己 明明 是第一個畫好的！那個人哈哈大笑，
zìjǐ míngmíng shì dìyīge huàhǎo de ！ nàgerén hāhā dàxiào ，

回答：「我們要畫的是蛇啊！你看過 長腳 的
huídá ：「 wǒmen yào huà de shì shé a ！ nǐ kànguò zhǎngjiǎo de

蛇嗎？」林庭 愣在那裡，一個字也說 不出來，
shé ma ？」 Língtíng lèng zài nàlǐ ， yígezì yě shuō bù chūlái ，

只能看著他把 整瓶酒 大口大口地喝完了。
zhǐnéngkànzhe tā bǎ zhěngpíngjiǔ dàkǒu dàkǒu de hēwán le 。

Apakah ular memiliki kaki

Dahulu kala, di negara Chu ada seorang pengusaha, ia sangat percaya takhyul, setiap hari perayaan yang penting, di rumah pasti akan mengadakan kegiatan festival persembahan, dan menyediakan persembahan yang beraneka ragam untuk dinikmati oleh dewa. Dia percaya bahwa dengan seperti ini mengadakan ibadah untuk dewa, dewa akan memberkatinya aman tenteram, sehat dan mendapatkan uang banyak. Tetapi dia terhadap pelayannya sendiri sangatlah kikir! Karena ia sering mengadakan ibadah persembahan, sehingga bekas persembahan itu seperti daging sapi, babi, ikan, buah-buahan, sangatlah banyak tidak habis dimakan. Tetapi dia lebih baik menaruh makanan sehingga membusuk, juga tidak bersedia memberi makanan itu untuk pelayannya, atau membantu meningkatkan ragam hidangan pelayannya.

Suatu hari, setelah persembahan selesai, seorang pelayan dirumah yang bernama Lin Ting saat membereskan bahan persembahan tidak tahan dengan sembunyi-sembunyi mencuri sebotol anggur, dan disembunyikannyalah olehnya. Dia berpikir: "Jika tidak dapat memakan daging, maka itu bolehlah minum sedikit anggur!"

Tidak diduga, perilakunya dilihat oleh beberapa pelayan yang lain. Ada pepatah kata mengatakan, siapa melihat siapa dapat bagian, mereka melihat Lin Ting menikmati anggur, semua meminta untuk diminum bersama, jika tidak mereka akan mengadukannya kepada majikan. Dibawah situasi terpaksa, Lin Ting mau tak mau janji berbagi dengan mereka. Namun, ia berpikir, jika sebotol anggur kecil dibagi minum oleh empat orang, semakin dipikirkan semakin tidak puas! Lalu dia mengusulkan sebuah perlombaan, lihat siapa yang pertama dapat melukis seekor ular dengan baik, maka dapat menikmati botol anggur itu seorang diri. Semua merasa bahwa usul ini menarik dan adil, maka satu per satu pun setuju. Selanjutnya mereka mulai mengambil batang pohon di tanah, mulai melukis ular di tanah. Dikarenakan ide ini terpikirkan oleh Lin Ting, jadi dia sudah berfikir cara untuk dapat menyelesaikannya dengan cepat, dia hanya dengan dua tiga goresan lalu mensketsa rupa ular. Setelah lukisan selesai, Lin Ting dengan hati gembira mengambil botol anggur itu, ia melihat semua orang melukis dengan perlahan-lahan, dalam hati sangatlah bangga! Pada saat ini, dia berpikir: "Melihat paras kikuk mereka sangatlah lucu, bagaimanapun juga, saya masih punya waktu, biarlah saya melukis lagi!" lalu dia menambahkan empat kaki kepada ular. Pada saat ini, juga ada seorang yang telah selesai melukis, dia merebut botol anggur Lin Ting, mendengak lalu mulai meminumnya.

Lin Ting sangat marah, dengan nada tinggi bertanya mengapa merampas anggurnya, jelas-jelas ia yang pertama selesai melukis! Orang itu tertawa terbahak menjawab: "Kita harusnya menggambar ular, apakah kamu pernah melihat ular berkaki panjang?" Lin Ting tertegun bingung, tidak dapat mengucapkan sepatah katapun, dia hanya dapat memandang orang itu menenggguk seluruh botol anggur dengan nikmat hingga habis.

	生詞	漢語拼音	解釋
1	迷信	míxìn	takhyul
2	盛大	shèngdà	besar
3	祭祀	jìsì	ibadah persembahan
4	豐盛	fēngshèng	beraneka ragam, banyak macam
5	供品	gòngpǐn	barang persembahan
6	小氣	xiǎoqì	pelit/kikir
7	寧可	níngkě	lebih baik
8	收拾	shōushí	membereskan
9	舉動	jǔdòng	gerakan, prilaku
10	俗話說	súhuàshuō	pribahasa mengatakan
11	見者有分	jiànzhěyǒufèn	yang melihat dapat bagian
12	告發	gàofā	melaporkan

	生詞	漢語拼音	解釋
13	逼不得已	bībùdéyǐ	dengan terpaksa
14	服氣	fúqì	menerima dengan puas
15	提議	tíyì	memberi usul
16	獨自	dúzì	sendiri, seorang diri
17	公平	gōngpíng	adil
18	點子	diǎnzi	ide
19	勾勒	gōulè	sketsa
20	慢吞吞	màntūntūn	dengan lambat
21	笨手笨腳	bènshǒubènjiǎo	kikuk, ceroboh
22	質問	zhíwèn	menanyakan, menanyai
23	愣	lèng	bingung, heran
24	著迷	zháomí	tertarik, terpikat
25	吝嗇	lìnsè	pelit/kikir
26	慫恿	sǒngyǒng	hasutan, menghasut

十五、愚公移山

Yúgōng yí shān

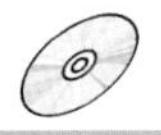

很久以前，有兩座大山，一座叫太行，
hěn jiǔ yǐqián ， yǒu liǎngzuò dàshān ， yízuò jiào Tàiháng ，

一座叫王屋，兩座山加起來的面積大約是
yízuò jiào Wángwū ， liǎngzuò shān jiā qǐlái de miànjī dàyuē shì

十個足球場那麼大；而高度更有五棟台北101
shíge zúqiúchǎng nàme dà ； ér gāodù gèng yǒu wǔdòng Táiběi 101

那麼高！由於這兩座山實在太龐大了，造成
nàme gāo ！ yóuyú zhè liǎngzuò shān shízài tài pángdà le ， zàochéng

附近的居民很大的不方便。他們不論是要去拜訪
fùjìn de jūmín hěn dà de bùfāngbiàn 。 tāmen búlùn shì yào qù bàifǎng

親朋好友，或是到市區買東西，都要花三天
qīnpénghǎoyǒu ， huòshì dào shìqū mǎi dōngxi ， dōu yào huā sāntiān

三夜繞過這兩座大山，才能到達目的地。
sānyè ràoguò zhè liǎngzuò dàshān ， cái néng dàodá mùdìdì 。

這個問題困擾大家很久了，但就是沒人有
zhège wèntí kùnrǎo dàjiā hěnjiǔ le ， dàn jiùshì méirén yǒu

辦法可以解決。這時，在山邊住了一輩子的
bànfǎ kěyǐ jiějué 。 zhèshí ， zài shānbiān zhùle yíbèizi de

愚公，突然下定決心要處理這個問題。於是，他
Yúgōng ， túrán xiàdìngjuéxīn yào chùlǐ zhège wèntí 。 yúshì ， tā

便召集所有的家人，並將自己的想法說給大家
biàn zhàojí suǒyǒu de jiārén ， bìngjiāng zìjǐ de xiǎngfǎ shuō gěi dàjiā

聽，他說：「乾脆我們大家一起努力，剷平
tīng ， tā shuō ： 「 gāncuì wǒmen dàjiā yìqǐ nǔlì ， chǎnpíng

這兩座大山，這樣以後就可以直接通往山的
zhè liǎngzuò dàshān ， zhèyàng yǐhòu jiù kěyǐ zhíjiē tōngwǎng shān de

另一頭了，你們說好不好？」愚公的家人聽了
lìngyìtóu le ， nǐmen shuō hǎobùhǎo ？」Yúgōng de jiārén tīngle

很振奮，紛紛表示同意！但是，他的妻子提出了
hěnzhènfèn ， fēnfēn biǎoshì tóngyì ！ dànshì ， tā de qīzi tíchū le

疑問：「你已經老了，哪來的力氣去移山啊？我
yíwèn ：「 nǐ yǐjīng lǎo le ， nǎ lái de lìqì qù yí shān a ？ wǒ

看你連個小山丘都挖不動！更何況是太行山
kàn nǐ lián ge xiǎoshānqiū dōu wā bú dòng ！ gènghékuàng shì Tàihángshān

和王屋山！再說，挖出來的土石要放去哪
hàn Wángwūshān ！ zàishuō ， wā chūlái de tǔshí yào fàngqù nǎ

呢？」愚公回答：「只要我還有一口氣在，能做
ne ？」Yúgōng huídá ：「 zhǐyào wǒ háiyǒu yìkǒuqì zài ， néngzuò

多少我就做多少。至於土石，我們可以把它們
duōshǎo wǒ jiù zuò duōshǎo 。 zhìyú tǔshí ， wǒmen kěyǐ bǎ tāmen

放到大海裡。」
fàngdào dàhǎi lǐ 。」

隔天，愚公和他的兒子、孫子共三人，
gétiān ， Yúgōng hàn tā de érzi 、 sūnzi gòng sānrén ，

馬上行動了！他們敲打石頭，挖掘土壤，再
mǎshàng xíngdòng le ！ tāmen qiāodǎ shítóu ， wājué tǔrǎng ， zài

用畚箕挑到遠處的大海。就這樣日日夜夜辛勞
yòng běnjī tiāodào yuǎnchù de dàhǎi 。 jiù zhèyàng rìrìyèyè xīnláo

工作了三個月，只挖掉山的一小部分，大概
gōngzuò le sāngeyuè ， zhǐ wādiào shān de yìxiǎobùfèn ， dàgài

和一輛公車差不多大而已。其他居民看著他們
hàn yíliàng gōngchē chābùduō dà éryǐ 。 qítā jūmín kànzhe tāmen

工作，有的人相信愚公真可以剷平這兩座
gōngzuò ， yǒuderén xiāngxìn Yúgōng zhēn kěyǐ chǎnpíng zhè liǎngzuò

大山，但也有人抱持著懷疑的態度。
dàshān，dàn yě yǒurén bàochí zhe huáiyí de tàidù。

這時候，有個叫智叟的人忍不住阻止愚公，
zhèshíhòu，yǒu ge jiào Zhìsǒu de rén rěnbúzhù zǔzhǐ Yúgōng，

他說：「你太愚蠢了！這方法怎麼可能成功
tā shuō：「nǐ tài yúchǔn le！zhè fāngfǎ zěnme kěnéng chénggōng

呢？憑你的能力，連山上的草都拔不完，
ne？píng nǐ de nénlì，lián shānshàng de cǎo dōu bá bù wán，

更不用說這麼多土石了！」愚公歎了一口氣，
gèngbúyòngshuō zhème duō tǔshí le！」Yúgōng tànle yìkǒuqì，

緩緩地說：「你的想法眞頑固！你想想，
huǎnhuǎn de shuō：「nǐ de xiǎngfǎ zhēn wángù！nǐ xiǎngxiǎng，

即使我死了，我還有兒子，兒子死了還有孫子，
jíshǐ wǒ sǐ le，wǒ háiyǒu érzi，érzi sǐ le háiyǒu sūnzi，

孫子又會再生兒子；我的子子孫孫無窮無盡，
sūnzi yòu huì zài shēng érzi；wǒ de zǐzǐsūnsūn wúqióngwújìn，

而山卻不會長高，我們就這樣一代接著一代
ér shān què búhuì zhǎnggāo，wǒmen jiù zhèyàng yídài jiēzhe yídài

挖，怎麼會怕挖不完呢？」智叟聽完愚公的
wā，zěnme huì pà wā bù wán ne？」Zhìsǒu tīngwán Yúgōng de

回答，一句話也說不出來。
huídá，yíjùhuà yě shuō bù chūlái。

同時，愚公要把山剷平的消息，被太行和
tóngshí，Yúgōng yào bǎ shān chǎnpíng de xiāoxí，bèi Tàiháng hàn

王屋的山神聽到了。山神很擔心愚公繼續挖
Wángwū de shānshén tīngdào le。shānshén hěn dānxīn Yúgōng jìxù wā

下去，眞的會把自己給挖掉，便報告天帝，希望
xiàqù，zhēnde huì bǎ zìjǐ gěi wādiào，biàn bàogào tiāndì，xīwàng

祂能阻止愚公。天帝聽了報告，對於愚公的
tā néng zǔzhǐ Yúgōng。tiāndì tingle bàogào，duìyú Yúgōng de

毅力和誠意十分感動，便命令大力神把兩座
yìlì hàn chéngyì shífēn gǎndòng ， biàn mìnglìng dàlìshén bǎ liǎngzuò

大山給背走了，將它們放在不會阻擋人們交通
dàshān gěi bēizǒu le ， jiāng tāmen fàngzài búhuì zǔdǎng rénmen jiāotōng

的地方。
de dìfāng 。

從此以後，愚公和其他的居民再也不必爲了
cóngcǐyǐhòu ， Yúgōng hàn qítā de jūmín zài yě búbì wèile

繞遠路而煩惱了。
ràoyuǎnlù ér fánnǎo le 。

Yu Gong memindah gunung (Dimana ada kemauan akan ada jalan)

Di Jaman dahulu, ada dua gunung besar, satu disebut Tai Hang, satu disebut Wang Wu, dua gunung jika digabung luasnya sekitar sebesar sepuluh lapangan sepak bola, dan ketinggiannya lebih dari tinggi lima gedung Taipei 101! Karena dua gunung tersebut luar biasa besarnya, mengakibatkan ketidaknyamanan bagi penduduk disekitarnya. Jika mereka hendak mengunjungi sanak saudara maupun teman, atau pergi membei barang ke kota, harus menghabiskan waktu tiga hari tiga malam untuk mengitari kedua gunung tersebut, barulah mereka dapat mencapai ketempat tujuan.

Masalah ini sudah sangat lama mengganggu para warga desa, tetapi tidak ada seorangpun yang mampu memecahkannya. Pada saat ini, tinggallah seseorang bernama Yu Gong yang telah tinggal ditepi gunung seumur hidupnya, tiba-tiba memutuskan untuk menangani masalah ini. Maka, ia memanggil semua keluarga dan mengutarakan pendapatnya kepada mereka, dia berkata: "Mari kita semuanya bekerja sama, meratakan dua gunung besar ini, dengan seperti ini nantinya kita bisa langsung mengakses ke sisi gunung yang lain, kalian setuju?" Setelah mendengar keluarga Yu Gong sangat bersemangat, satu per satu setuju! Tapi istrinya menandakan keraguan: "Kamu sudah tua, dari manakah tenaga untuk merubah gunung? Saya rasa bukit kecilpun tak mampu! Apalagi menggali gunung Tai Hang dan Wang Wu! Lagipula, mau ditaruh dimana tanah dan batu yang telah digali?". Yu Gong menjawab: "Selama aku masih hidup, berapa banyak kerjaan yang saya sanggup akan saya lakukan, mengenai tanah dan batu, kita dapat menempatkannya ke dalam laut".

Keesokan harinya, Yu Gong, anak laki-laki dan cucunya bertiga, mulai menjalankan aksinya! Mereka mengetuk batu, menggali tanah, dengan pengki mengangkut tanah lalu dibuangnya ke laut yang jauh.

Dengan begini berkerja keras siang dan malam selama tiga bulan, hanya dapat menggali sebagian kecil dari gunung, kira-kira hanya tidak lebih dari besar sebuah bis. Warga Lainnya melihat mereka bekerja, ada yang percaya bahwa Yu Gong benar-benar dapat meratakan kedua gunung besar ini, tetapi juga ada beberapa yang bersikap ragu.

Pada saat ini, ada orang bernama Zhi Sou (orang tua pintar) hendak menghalangi Yu Gong, dia berkata: "Kamu sangat bodoh, dengan cara ini bagaimana mungkin berhasil? Dengan kemampuan kamu, rumput di bukit pun tidak akan habis tercabut, apalagi batu sebegini banyaknya!". Yu Gong mendesah, dengan perlahan berkata: "Kamu benar-benar keras kepala! kamu coba pikir, bahkan jika aku mati, aku punya anak, anak saya meninggal masih ada cucu, cucu juga akan melahirkan anak, anak-anak dan cucu-cucu saya tak terbatas, tapi gunung tidak akan bertambah tinggi, kita menggali seperti ini dari generasi ke generasi, masih tidak akan selesai tergali kah?". Setelah Zhi Sou selesai mendengar jawaban Yu gong, tidak mampu mengatakan satu kalimatpun.

Sementara itu, berita tentang Yu Gong ingin meratakan gunung, terdengar oleh dewa gunung Tai Hang dan Wang Wu. Dewa gunung sangat khawatir jika Yu Gong terus menggali dan akan benar-benar menghabiskan nyawanya, mereka melaporkan ke Tian Di (Kaisar Langit), berharap bisa menghentikan Yu Gong. Setelah Kaisar Langit mendengar laporan itu, ia sangat terharu akan ketekunan dan ketulusan Yu Gong, lalu memerintahkan Dewa Raksasa untuk memindahkan kedua gunung itu, meletakannya di tempat yang tidak akan mengganggu lalu lintas warga desa.

Sejak dari itu, Yu Gong dan warga lainnya tidak perlu khawatir lagi tentang harus jalan memutar jauh.

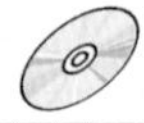

	生詞	漢語拼音	解釋
1	面積	miànjī	area, luas
2	龐大	pángdà	luas/besar
3	繞過	ràoguò	lewat dengan berputar, mengitari
4	困擾	kùnrǎo	membingungkan, teka teki

	生詞	漢語拼音	解釋
5	召集	zhàojí	mengumpulkan
6	乾脆	gāncuì	sekalian
7	剷平	chǎnpíng	gali rata
8	振奮	zhènfèn	bersemangat
9	紛紛	fēnfēn	satu per satu
10	挖掘	wājué	gali
11	畚箕	běnjī	pengki
12	辛勞	xīnláo	kerja keras
13	懷疑	huáiyí	ragu
14	愚蠢	yúchǔn	bodoh
15	緩緩	huǎnhuǎn	pelahan-lahan
16	頑固	wángù	keras kepala
17	無窮無盡	wúqióngwújìn	tak terbatas
18	毅力	yìlì	ketekunan, kemauan
19	誠意	chéngyì	tulus
20	阻擋	zǔdǎng	menghalangi
21	積極	jījí	positif
22	阻塞	zǔsè	menyumbat
23	禱告	dǎogào	berdoa
24	固執	gùzhí	bersikeras

十六、遠水救不了近火

yuǎnshuǐ jiù bù liǎo jìnhuǒ

(一)文章

wénzhāng

寓言故事不只能訴說大道理，還能用來表達
yùyán gùshì bùzhǐnéng sùshuō dàdàolǐ ，háinéng yònglái biǎodá

心中 不好意思說出口的話。我們現在就來
xīnzhōng bùhǎoyìsi shuōchūkǒu de huà 。wǒmen xiànzài jiù lái

看看，莊子如何透過講故事，來讓朋友明白
kànkàn ，Zhuāngzǐ rúhé tòuguò jiǎng gùshì ，lái ràng péngyǒu míngbái

自己的本意！
zìjǐ de běnyì ！

莊子在年輕的時候，曾經當過一個
Zhuāngzǐ zài niánqīng de shíhòu ，céngjīng dāngguò yíge

小官，但後來覺得擔任公職太過束縛，完全
xiǎoguān ，dàn hòulái juéde dānrèn gōngzhí tàiguò shùfú ，wánquán

沒有自由，所以就辭去了工作。工作沒了，
méiyǒu zìyóu ，suǒyǐ jiù cíqù le gōngzuò 。gōngzuò méile ，

就沒有收入，沒了收入，生活自然過得比較
jiù méiyǒu shōurù ，méile shōurù ，shēnghuó zìrán guòde bǐjiào

貧困些。有一天，莊子和家人已經連續挨餓了
pínkùn xiē 。yǒuyìtiān ，Zhuāngzǐ hàn jiārén yǐjīng liánxù āiè le

好幾天，餓得眞是受不了，於是決定去向一位
hǎojǐtiān ，ède zhēnshì shòubùliǎo ，yúshì juédìng qù xiàng yíwèi

家境不錯的朋友，借些錢來買飯吃，以渡過這
jiājìng búcuò de péngyǒu ，jièxiē qiánlái mǎifànchī ，yǐ dùguò zhè

難熬的時刻。決定後，莊子立刻就出門拜訪
nánáo de shíkè 。juédìng hòu ，Zhuāngzǐ lìkè jiù chūmén bàifǎng

那位 朋友 了。
nàwèi péngyǒu le 。

莊子 見了 朋友 ，便 開門見山 地 說明 自己
Zhuāngzǐ jiànle péngyǒu ， biàn kāiménjiànshān de shuōmíng zìjǐ

來 拜訪 的 目的 。 莊子 原本 以爲 那位 朋友 會
lái bàifǎngde mùdì 。 Zhuāngzǐ yuánběn yǐwéi nàwèi péngyǒu huì

馬上 拿出 錢 來 幫助 自己 ，沒想到 ，朋友 聽了
mǎshàng náchū qián lái bāngzhù zìjǐ ， méixiǎngdào ， péngyǒu tīngle

莊子 的 話 後，竟然 不發一語，過了 一會兒，才
Zhuāngzǐ de huàhòu ， jìngrán bùfāyìyǔ ， guòle yìhuǐér ， cái

微笑 著 說 ：「當然 沒問題！只是 我 現在 沒有
wēixiào zhe shuō ：「 dāngrán méiwèntí ！ zhǐshì wǒ xiànzài méiyǒu

那麼 多 現金，你 能不能 等 我 領了 下個月 的 薪水
nàme duō xiànjīn ， nǐ néngbùnéng děngwǒ lǐngle xiàgeyuè de xīnshuǐ

後 再來？到時候，我 一定 借 你 錢！」
hòu zàilái ？ dàoshíhòu ， wǒ yídìng jiè nǐ qián ！」

聽完 這番話， 莊子 當然 明白 這是 朋友 的
tīngwán zhèfānhuà ， Zhuāngzǐ dāngrán míngbái zhèshì péngyǒude

推託之辭， 心中 難免 憤怒，但是 修養 好 的 他
tuītuōzhīcí ， xīnzhōng nánmiǎn fènnù ， dànshì xiūyǎnghǎode tā

還是 忍下來 了。 莊子 不動氣 地 說 ：「你知道
háishì rěnxiàlái le 。 Zhuāngzǐ búdòngqì de shuō ：「 nǐzhīdào

嗎？我 昨天 出門 散步時，在 半路上 ，竟然
ma ？ wǒ zuótiān chūmén sànbùshí ， zài bànlùshàng ， jìngrán

聽到了 微弱的 求救聲 。一直 喊著 ：『救命啊！
tīngdàole wéiruòde qiújiùshēng 。 yizhí hǎnzhe ：『 jiùmìnga ！

救命啊！』這 聲音 眞是 哀戚，一時不忍，就
jiùmìnga ！』 zhè shēngyīn zhēnshì āiqī ， yìshíbùrěn ， jiù

循著 聲音 走了 過去。竟然 有 條 魚 躺在 路中央 ！
xúnzhe shēngyīn zǒule guòqù 。 jìngrán yǒutiáoyú tǎngzài lùzhōngyāng ！

於是我走上前去，問牠說：『魚兒啊，你
yúshì wǒ zǒushàngqiánqù ，wèn tā shuō ：『 yúéra ，nǐ

怎麼會躺在這呢？』那條魚虛弱地回應我說：
zěnmehuì tǎngzài zhè ne ？』 nàtiáoyú xūruò de huíyìng wǒ shuō ：

『我是從東海來的使者，準備去拜訪北海裡
『 wǒ shì cóng Dōnghǎi lái de shǐzhě ，zhǔnbèi qù bàifǎng Běihǎi lǐ

的魚兒們。沒想到太陽實在是太大了，走著
de yúérmen 。méixiǎngdào tàiyáng shízài shì tàidà le ，zǒuzhe

走著，我就昏倒了！這位好心人，你能不能
zǒuzhe ，wǒ jiù hūndǎole ！zhèwèi hǎoxīnrén ，nǐ néngbùnéng

救救我，給我一杯水喝，讓我解解渴好嗎？』
jiùjiùwǒ ，gěiwǒ yìbēi shuǐ hē ，ràngwǒ jiějiěkě hǎoma ？』

看到牠奄奄一息的樣子，真的好可憐，
kàndào tā yānyānyìxí de yàngzi ，zhēnde hǎokělián ，

當下我就決定要好好幫牠。於是對牠說：
dāngxià wǒ jiù juédìng yào hǎohǎo bāngtā 。 yúshì duì tā shuō ：

『魚兒，你等等我，我現在就到南海去，那裡
『 yúér ，nǐ děngděngwǒ ，wǒ xiànzài jiù dào Nánhǎi qù ，nàlǐ

的水質好極了！不但可以解你的渴，還可以
de shuǐzhí hǎojíle ！búdàn kěyǐ jiěnǐde kě ，hái kěyǐ

讓你活命。只是南海有些遠，你能稍等我
ràng nǐ huómìng 。zhǐshì Nánhǎi yǒuxiēyuǎn ，nǐ néng shāoděngwǒ

一會兒嗎？』我是這麼誠心地想幫牠，
yìhuǐérma ？』 wǒshì zhème chéngxīn de xiǎng bang tā ，

沒想到，那條魚不但不領情，還對我大吼說：
méixiǎngdào ，nàtiáoyú búdàn bùlǐngqíng ，hái duìwǒ dàhǒu shuō ：

『我都已經快要渴死了！你還希望我能撐到你
『 wǒ dōu yǐjīng kuàiyào kěsǐle ！nǐ hái xīwàng wǒnéng chēngdào nǐ

到南海去提水回來？等你回來，我早就成了魚乾
dào Nánhǎi qù tíshuǐ huílái ？děngnǐ huílái ，wǒ zǎo jiù chéngle yúgān

了！』我親愛的朋友，你說這魚是不是不懂得
le ! 』 wǒ qīnàide péngyǒu ， nǐshuō zhèyú shìbúshì bùdǒngde

感恩啊？牠爲什麼要對我發脾氣呢？」
gǎnēn a ？ tā wèishénmeyào duìwǒ fāpíqì ne ？ 」

請問，莊子想要跟朋友說什麼呢？
qǐngwèn ， Zhuāngzǐ xiǎngyào gēn péngyǒu shuōshénme ne ？

Air yang jauh tidak dapat memadamkan api yang dekat

Cerita Dongeng perumpamaan tidak hanya dapat memberitahukan kebenaran, dapat juga dipergunakan untuk mengekspresi kata-kata yang tidak bisa di utarakan melalui bibir. Sekarang mari kita lihat, bagaimana cara Zhuang Zi melalui bercerita untuk memberi tahu niat aslinya kepada sang teman!

Ketika Zhuang Zi masih muda, dia pernah bekerja sebagai seorang pejabat kecil, tetapi setelah itu ia merasa menduduki jabatan perkerjaanya membuat ia serasa terbelenggu, tidak ada kebebasan sama sekali, karena itu dia mengundurkan diri. Tidak ada perkerjaan, berarti tidak memiliki penghasilan, tidak ada penghasilan, kehidupan pun menjadi lebih sulit untuk dilewati. Suatu hari, Zhuangzi dan anggota keluarganya telah terus-menerus menahan lapar selama beberapa hari, sehingga laparnya tidak tertahankan lagi, maka dari itu dia memutuskan untuk pergi ke rumah teman yang keadaan ekonominya lumayan, berniat meminjam uang untuk membeli makanan, untuk melewatkan masa sulit ini. Setelah mengambil keputusan, Zhuang Zi segera pergi berkunjungan ke rumah temannya itu.

Setelah Zhuang Zi bertemu temannya, langsung menjelaskan tentang tujuan dia datang berkunjung. Zhuang Zi berpikir temannya akan segera mengeluarkan uang untuk membantu dirinya, tidak diduga, setelah temannya mendengarkan pembicaraan Zhuang Zi, berdiam tanpa berbicara, setelah sesaat, lalu dengan senyum berkata: “Tentu saja tidak ada masalah! Tapi aku tidak punya uang kontan sebanyak itu, bisakah kamu menunggu setelah saya menerima gaji bulan depan? Saat itu, saya pasti akan meminjamkan uang kepadamu!”.

Setelah mendengarkan perkataan teman ini, Zhuang Zi tentu saja mengerti maksud menunda dari alasan teman, sulit dipungkiri dalam hati merasa marah, tapi sebagaimana seorang yang terpelajar, ia tetap menjaga sikapnya.

Zhuang Zi berbicara dengan tidak marah: “Apakah kau tahu? Kemarin saat saya sedang berjalan santai, ditengah perjalanan terdengar suara yang begitu lemah meminta bantuan. Terus berseru: ‘Tolong! Tolong!’. Suara ini benar-benar sedih, sesaat tidak tega, saya ikuti suara itu. Terlihat seekor ikan tergeletak di tengah jalan! Maka dari itu saya berjalan kesana, bertanya kepadanya: ‘Ikan, kenapa kamu bisa terbaring di sini?’. Ikan itu dengan nada lemah menjawab saya: ‘Saya adalah utusan dari lautan Tiongkok Timur, bersiap untuk pergi mengunjungi ikan-ikan di lautan Tiongkok Utara. Tidak disangka matahari terlalu terik, setelah berjalan di perjalanan, saya terjatuh pingsan! Orang baik, bisakah kamu menolong ku, berikan saya segelas air untuk minum, agar saya dapat menghilangkan dahaga?’

Melihat dia hampir sekarat, benar-benar sangat kasihan, saya segera memutuskan untuk membantu ikan itu. Lalu saya berkata kepadanya: ‘Ikan, kamu tunggu saya, saya sekarang akan pergi ke lautan Tiongkok Selatan, kualitas air disana sangatlah bagus! Bukan hanya dapat menghilangkan dahaga kamu, tetapi juga dapat membuat kamu bertahan hidup. Tetapi laut Tiongkok Selatan itu cukup jauh, dapatkah kamu menunggu saya?'. Saya dengan hati yang tulus bermaksud ingin membantu dia, tidak saja ikan itu tidak menghargai, dia berteriak kepada ku: 'Aku hampir mati kehausan! Kamu masih berharap saya bisa bertahan sampai kamu ke lautan Tiongkok Selatan untuk membawa air kembali? Menunggu kamu datang kembali, saya sudah menjadi ikan kering!' Teman saya yang terkasih, bisa kah kamu mengatakan ikan ini tidak mengerti bersyukur? Mengapa dia harus marah kepada saya?".

Saya bertanya, apa yang Zhuang Zi ingin katakan kepada temannya?

	生詞	漢語拼音	解釋
1	訴說	sùshuō	menceritakan
2	本意	běnyì	maksud asli
3	公職	gōngzhí	pekerja pejabat
4	束縛	shùfú	membelenggu, mengikat
5	難熬	nánáo	sulit dilewati

	生詞	漢語拼音	解釋
6	目的	mùdì	tujuan
7	不發一語	bùfāyìyǔ	tidak berkata
8	薪水	xīnshuǐ	gaji/honor
9	推託	tuītuō	beralasan, mengelak
10	修養	xiūyǎng	terpelajar, berpendidikan
11	微弱	wéiruò	lemah
12	哀戚	āiqī	menyedihkan
13	躺	tǎng	tergeletak/terbaring
14	虛弱	xūruò	lemah, lemas
15	使者	shǐzhě	utusan
16	昏倒	hūndǎo	pingsan
17	解渴	jiěkě	mehilangkan haus/dahaga
18	奄奄一息	yānyānyìxí	sekarat
19	誠心	chéngxīn	tulus hati
20	撐	chēng	bertahan
21	魚乾	yúgān	ikan kering
22	懂得	dǒngdé	mengerti
23	感恩	gǎnēn	bersyukur
24	脾氣	píqì	temperamen

十七、魯國夫妻的苦惱
Lǔguó fūqī de kǔnǎo

(一) 文章
wénzhāng

　　中國的戰國時期，是哲學思想快速發展
Zhōngguó de Zhànguó shíqí ， shì zhéxué sīxiǎng kuàisù fāzhǎn
的時代，當時，有許多重要的思想家都透過
de shídài ， dāngshí ， yǒu xǔduō zhòngyào de sīxiǎngjiā dōu tòuguò
寓言故事，來傳達他們的思想，希望能藉此
yùyán gùshì ， lái chuándá tāmen de sīxiǎng ， xīwàng néng jièc
說服君主接受自己的政治理念，而韓非便是
shuìfú jūnzhǔ jiēshòu zìjǐ de zhèngzhì lǐniàn ， ér Hánfēi biànshì
其中之一。現在，我們就來看一則韓非講過的
qízhōngzhīyī 。 xiànzài ， wǒmen jiùlái kàn yìzé Hánfēi jiǎngguò de
故事，試試我們是否能察覺它背後的意涵。
gùshì ， shìshì wǒmen shìfǒu néng chájué tā bèihòu de yìhán 。

　　在魯國，有一對手藝非常精巧的夫妻，
zài Lǔguó ， yǒu yíduì shǒuyì fēicháng jīngqiǎo de fūqī ，
丈夫十分擅長製作草鞋。他編的草鞋既漂亮
zhàngfū shífēn shàncháng zhìzuò cǎoxié 。 tā biānde cǎoxié jì piàoliàng
又牢固，只要穿上他的鞋，不管是走在泥濘的
yòu láogù ， zhǐyào chuānshàng tāde xié ， bùguǎn shì zǒuzài nínìng de
地上或是崎嶇的山路，腳都能有完善的保護，
dìshàng huòshì qíqū de shānlù ， jiǎo dōu néng yǒu wánshàn de bǎohù ，
不會受到任何傷害或影響。
búhuì shòudào rènhé shānghài huò yǐngxiǎng 。

　　他的妻子則是善於織布，而且還是白色的
tāde qīzi zéshì shànyú zhībù ， érqiě háishì báisè de

絲綢。她織出來的白布，潔白的像是 月光
sīchóu 。 tā zhīchūlái de báibù ， jiébái de xiàngshì yuèguāng

照在雪地上一樣，不僅如此，布的質感柔軟又
zhàozài xuědì shàng yíyàng ， bùjǐnrúcǐ ， bùde zhígǎn róuruǎn yòu

細緻。如果 穿上 以那白布 做成 的衣服，那
xìzhì 。 rúguǒ chuānshàng yǐ nà báibù zuòchéng de yīfú ， nà

輕柔舒適的感覺，就好像是三月的微風吹過，
qīngróu shūshì de gǎnjué ， jiù hǎoxiàng shì sānyuè de wéifēng chuīguò ，

非常 舒服！
fēicháng shūfú ！

由於手藝過人，夫妻倆賺了不少錢；加上
yóuyú shǒuyì guòrén ， fūqīliǎng zuànle bùshǎo qián ； jiāshàng

他們 生活 簡樸，從不任意浪費錢，因此過了
jiāshàng shēnghuó jiǎnpú ， cóng bú rènyì làngfèi qián ， yīncǐ guòle

幾年，他們就累積了一筆可觀的財富。有了錢，
jǐnián ， tāmen jiù lěijī le yìbǐ kěguān de cáifù 。 yǒule qián ，

夫妻倆便 商量 了起來，該如何 運用 這筆錢
fūqīliǎng biàn shāngliáng le qǐlái ， gāi rúhé yùnyòng zhèbǐqián

好呢？兩人 想了又想 ，最後決定趁自己還
hǎo ne ？ liǎngrén xiǎngleyòuxiǎng ， zuìhòu juédìng chèn zìjǐ hái

年輕 ，跨出舒適圈，到國外去 闖一闖 ，好
niánqīng ， kuàchū shūshìquān ， dào guówài qù chuǎngyìchuǎng ， hǎo

開闊一下視野。經過 漫長 的討論後，他們決定
kāikuò yíxià shìyě 。 jīngguò màncháng de tǎolùn hòu ， tāmen juédìng

搬到越國住，在那裡展開 兩人的新人生 。
bāndào Yuèguózhù ， zài nàlǐ zhǎnkāi liǎngrén de xīnrénshēng 。

下定決心後，他們便開始整理行李、打掃
xiàdìng juéxīn hòu ， tāmen biàn kāishǐ zhěnglǐ xínglǐ 、 dǎsǎo

家園。隔壁鄰居見到他們急著打包，一副要
jiāyuán 。 gébì línjū jiàndào tāmen jízhe dǎbāo ， yífù yào

出遠門 的樣子，忍不住 想 問個清楚，到底是
chūyuǎnmén de yàngzi， rěnbúzhù xiǎngwèn ge qīngchǔ， dàodǐ shì
爲了什麼，夫妻倆既不賣草鞋，也不賣絲綢，
wèile shénme， fūqīliǎng jì búmài cǎoxié， yě búmài sīchóu，
卻從一大早就開始 忙進忙出 。看見鄰居 這樣
quècóng yídàzǎo jiù kāishǐ mángjìnmángchū 。 kànjiàn línjū zhèyàng
關心，夫妻倆就說出了兩人的計畫。原本以爲
guānxīn， fūqīliǎng jiù shuōchūle liǎngrén de jìhuà 。 yuánběn yǐwéi
鄰居會開心地祝福他們， 沒想到 聽完那個 構想
línjū huì kāixīn de zhùfú tāmen ， méixiǎngdào tīngwán nàge gòuxiǎng
之後，鄰居的臉色就沉了下來，甚至還歎了
zhīhòu， línjū de liǎnsè jiù chénle xiàlái ， shènzhì hái tànle
一口氣！
yìkǒuqì ！

看到鄰居的反應，夫妻倆露出了疑惑的
kàndào línjū de fǎnyìng， fūqīliǎng lòuchū le yíhuò de
表情 。那位鄰居邊搖頭邊解釋：「 年輕人
biǎoqíng 。 nàwèi línjū biān yáotóu biān jiěshì ：「 niánqīngrén
啊！你們 想 出去 闖一闖 ，確實是很 勇敢，
a ！ nǐmen xiǎng chūqù chuǎngyìchuǎng ， quèshí shì hěn yǒnggǎn，
很有想法！但是，你們可 曾 好好 想過 越國的
hěn yǒuxiǎngfǎ ！ dànshì， nǐmen kě céng hǎohǎo xiǎngguò Yuèguó de
風土民情？據我所知，越國人不愛 穿鞋 ，不論
fēngtǔmínqíng ？ jùwǒsuǒzhī ， Yuèguórén búài chuānxié， búlùn
走到哪裡都赤著腳，那你的草鞋要賣給誰呢？
zǒudào nǎlǐ dōu chìzhejiǎo， nà nǐ de cǎoxié yào màigěi shuí ne ？
而你們織的白色絲綢，一般人都是拿來做帽子，
ér nǐmen zhīde báisè sīchóu， yìbānrén dōushì nálái zuò màozi，
但是，在越國，因爲時常下雨的緣故，當地人
dànshì， zài Yuèguó， yīnwèi shícháng xiàyǔ de yuángù， dāngdìrén

從 不用這顏色做帽子，那你們的白布要賣給
cóng búyòng zhè yánsè zuò màozi ， nà nǐmen de báibù yào màigěi

誰呢？我想，不管你們的手藝再怎麼好，到了
shuí ne ? wǒxiǎng ， bùguǎn nǐmen de shǒuyì zài zěnme hǎo ， dàole

越國還是 派不上用場 啊！這麼一來，早晚會
Yuèguó háishì pàibúshàngyòngchǎng a ! zhèmeyìlái ， zǎowǎn huì

坐吃山空 的，到時，你們一旦 花光 了積蓄，
zuòchīshānkōng de ， dàoshí ， nǐmen yídàn huāguāng le jīxù ，

不就沒有好日子過了嗎？」
bújiù méiyǒu hǎorìzi guòlema ? 」

你認爲韓非透過這個故事，想 告訴我們什麼
nǐ rènwéi Hánfēi tòuguò zhège gùshì ， xiǎng gàosù wǒmenshénme

道理呢？
dàolǐ ne ?

Kecemasaan suami istri Negara Lu

㈡ 譯文 yìwén

Pada periode jaman peperang negara Tiongkok, adalah era perkembangan pemikiran filosofi yang sangat pesat, saat itu, ada banyak pemikir yang hebat melalui dongeng membuat cerita untuk menyampaikan pemikiran mereka, dan dengan cara demikian meyakinkan jaja untuk menerima ide filsafat politik mereka, dan Han Fei adalah salah satu di antaranya. Sekarang, mari kita melihat kisah yang telah diceritakan oleh Han Fei, coba apakah kita dapat menyadari kesimpulan di balik itu.

Di negeri Lu, ada sepasang suami istri memiliki kepandaian kerajinan tangan yang sangat handal, suaminya sangat pandai membuat sepatu jerami. Sepatu yang ditenun olehnya tidak hanya indah namun juga kuat, dengan mengenakan sepatunya, walaupun berjalan dijalanan yang berlumpur atau perbukitan yang tidak rata, kaki mendapatkan perlindungan yang sempurna, tidak akan terluka ataupun terpengaruh.

Istrinya pandai menenun kain, apalagi sutra yang warna putih, hasil tenun kain sutra putihnya putih bersih seperti cahaya rembulan bersinar di atas salju, tidak hanya itu, kain hasil tenunannya bertekstur halus dan lembut. Jika memakai pakaian yang terbuat dari kain tenun putih itu, terasa lembut dan nyaman, seolah angin semi bulan maret menghembus berlalu.

Karena keterampilan mereka yang luar biasa, pasangan suami istri itu mendapatkan banyak uang ; dan juga mereka hidup sederhana, tidak pernah sembarang menghamburkan uang, sehingga beberapa tahun kemudian, dengan begitu mereka mengumpulkan kekayaan yang cukup mengesankan. Setelah memiliki uang, suami istri mulai berunding bagaimana baiknya menggunakan uang ini? Dua orang itu berpikir, dan akhirnya memutuskan untuk selama masih muda, keluar dari lingkungan nyaman, pergi ke luar negeri mencoba mengadu nasib, memperluas wawasan. Setelah melewati diskusi yang panjang, mereka memutuskan untuk pindah ke negara Yue untuk memulai hidup yang baru.

Setelah berbulat tekad, mereka mulai berkemas, membersihkan rumah mereka. Tetangga sebelah melihat mereka terburu-buru berkemas, seperti mau memulai perjalanan jauh, tidak tahan untuk menanyakan kebenaran dan sebabnya, dikarenakan pasangan suami istri itu tidak menjual sandal, juga tidak menjual kain sutra, sejak subuh sibuk keluar masuk. Mereka melihat tetangga sebegitu perhatiaannya, lalu sepasang suami istri ini mengatakan rencananya. Awalnya mengira tetangga akan senang memberkati mereka, tidak disangka setelah selesai mendengar rencana mereka, muka tetangga menjadi gelap, bahkan mendesah!

Melihat reaksi tetangga, pasangan suami istri itu mulai menunjukan ekspresi ragu. Tetangga itu sambil menggelengkan kepala sambil jelaskan: “Orang muda!

Kalian ingin pergi mencoba mengadu nasib memang sangat berani, berpikiran cemerlang! Namun, apakah kali pernah berpikir tentang budaya orang negeri Yue? Setahu saya, orang negara Yue tidak suka memakai sepatu, pergi kemana-mana bertelanjang kaki, sepatu kamu akan dijual kepada siapa? Dan sutra putih hasil tenunan kalian, rata-rata orang menggunakannya untuk sebagai topi, Namun di negeri Yue itu karena sering hujan penduduk setempat tidak menggunakan warna ini untuk dijadikan topi, maka kalian akan menjual kain putih kepada siapa? Saya pikir, tidak peduli seberapa baik keterampilan kalian, di negara Yue tidak dapat dipergunakan lagi! Dengan seperti ini, cepat atau lambat dengan duduk diam tabungan pun akan habis, saat tabungan habis, tidak akan lagi menjalani hidup yang bahagia?"

Menurut kamu Han Fei melalui cerita ini, apa yang ingin ia beri tahu kita?

	生詞	漢語拼音	解釋
1	傳達	chuándá	menyampaikan
2	藉此	jiècǐ	dengan cara demikian

	生詞	漢語拼音	解釋
3	說服	shuìfú	meyakinkan
4	意涵	yìhán	kesimpulan , arti makna
5	手藝	shǒuyì	keterampilan
6	精巧	jīngqiǎo	halus/baik
7	擅長	shàncháng	pandai
8	牢固	láogù	kuat/kokoh
9	泥濘	nínìng	berlumpur
10	崎嶇	qíqū	berliku, tidak rata, geradakan
11	絲綢	sīchóu	kain sutera
12	質感	zhígǎn	tekstur
13	簡樸	jiǎnpú	sederhana
14	浪費	làngfèi	boros, menghamburkan uang
15	商量	shāngliáng	berunding
16	舒適圈	shūshìquān	lingkungan nyaman
17	闖	chuǎng	mengadu nasib
18	構想	gòuxiǎng	konsep, rencana
19	風土民情	fēngtǔmínqíng	adat istiadat, kebiasaan
20	赤腳	chìjiǎo	telanjang kaki
21	坐吃山空	zuòchīshānkōng	duduk makan (tidak bekerja) sehingga hartapun habis
22	積蓄	jīxù	tabungan

十八、誰是偷錢的人
shuí shì tōu qián de rén

(一) 文章
wénzhāng

從前，有個叫陳述古的人，個性既正直又
cóngqián， yǒuge jiào Chénshùgǔ de rén， gèxìng jì zhèngzhí yòu

公正，他在建州擔任法官時，判過的案子都
gōngzhèng， tā zài Jiànzhōu dānrèn fǎguān shí， pànguò de ànzi dōu

讓大家心服口服。
ràng dàjiā xīnfúkǒufú。

有一天，住在城東的林大嬸突然跑來
yǒuyìtiān， zhùzài chéngdōng de Lín dàshěn túrán pǎolái

報案，她說早上到市場買菜時，一不注意，
bàoàn， tā shuō zǎoshàng dào shìchǎng mǎicài shí， yíbúzhùyì，

和一個年輕人擦撞了一下，當時她不以爲意
hàn yíge niánqīngrén cāzhuàng le yíxià， dāngshí tā bùyǐwéiyì

就走了。結果，買完肉要付錢的時候，她翻遍
jiù zǒule。 jiéguǒ， mǎiwán ròu yào fùqián de shíhòu， tā fānbiàn

所有的口袋，就是找不到錢包！這時，她才想起
suǒyǒu de kǒudài， jiùshì zhǎobúdào qiánbāo！ zhèshí， tā cái xiǎngqǐ

早上的碰撞，心想，錢包可能是被那個
zǎoshàng de pèngzhuàng， xīnxiǎng， qiánbāo kěnéng shì bèi nàge

年輕人扒走了！
niánqīngrén pázǒu le！

陳述古根據林大嬸描述的特徵，找來了
Chénshùgǔ gēnjù Lín dàshěn miáoshù de tèzhēng， zhǎolái le

五個嫌疑犯，可是林大嬸看來看去，也很難
wǔge xiányífàn， kěshì Lín dàshěn kànláikànqù， yě hěnnán

確定 誰才是 眞正 的小偷；審問那五個人，
quèdìng shéi cáishì zhēnzhèng de xiǎotōu ； shěnwèn nà wǔge rén ，

也沒有人 承認 偷了 錢包。見了 這樣 的 情形 ，
yě méiyǒurén chéngrèn tōu le qiánbāo 。 jiànle zhèyàng de qíngxíng ，

陳述古 左思右想， 整整 想了一個 晚上 ，
Chénshùgǔ zuǒsīyòuxiǎng ， zhěngzhěng xiǎngle yíge wǎnshàng ，

終於 想到 一個好法子！
zhōngyú xiǎngdào yíge hǎo fázi ！

第二天，他派部下搬來一口 大鐘 ，並 將
dìèrtiān ， tā pài bùxià bānlái yìkǒu dàzhōng ， bìngjiāng

鐘 放在 官署 後院 ， 隆重 地舉行了祭祀
zhōng fàngzài guānshǔ hòuyuàn ， lóngzhòng de jǔxíng le jìsì

儀式。祭祀完後，便對那五個嫌疑犯說：
yíshì 。 jìsìwán hòu ， biàn duì nà wǔge xiányífàn shuō ：

「這是一口 神鐘 ，它能辨別誰是小偷，誰是
「 zhèshì yìkǒu shénzhōng ， tā néngbiànbiéshuí shì xiǎotōu ， shuí shì

清白的，屢試不爽！如果是清白的，那麼即便
qīngbái de ， lǚshìbùshuǎng ！ rúguǒ shì qīngbái de ， nàme jíbiàn

是用力地摸大鐘 ，大鐘也不會發出 聲音 ；
shì yònglì de mō dàzhōng ， dàzhōng yě búhuì fāchū shēngyīn ；

但是如果是小偷，只要 輕輕 地摸一下 ， 鐘 就
dànshì rúguǒ shì xiǎotōu ， zhǐyào qīngqīng de mō yíxià ， zhōng jiù

會發出 聲響 。」說完後，就讓人用帷幕把
huì fāchū shēngxiǎng 。」 shuōwán hòu ， jiù ràng rén yòng wéimù bǎ

大鐘 圍了起來，同時叫人將墨汁塗滿了 大鐘
dàzhōng wéile qǐlái ， tóngshí jiào rén jiāng mòzhī túmǎn le dàzhōng

的 表面 ，塗好後，再引導嫌疑犯一一進入帷幕
de biǎomiàn ， túhǎo hòu ， zài yǐndǎo xiányífàn yīyī jìnrù wéimù

裡摸 鐘 。半小時後，所有的人都摸過了 鐘 ，
lǐ mō zhōng 。 bànxiǎoshí hòu ， suǒyǒu de rén dōu mōguò le zhōng ，

這時，陳述古請那五個人把 雙手 伸出來，
zhèshí ，Chénshùgǔ qǐng nà wǔgerén bǎ shuāngshǒu shēnchūlái ，

親自一個個檢查，結果發現只有 王平 一個人的
qīnzì yígege jiǎnchá ，jiéguǒ fāxiàn zhǐyǒu Wángpíng yígerén de

手上 沒有墨汁。見此，陳述古 心中 已有了
shǒushàng méiyǒu mòzhī 。jiàn cǐ ，Chénshùgǔ xīnzhōng yǐ yǒule

答案，便問 王平 ，錢是不是他偷的， 王平
dáàn ，biànwèn Wángpíng ，qián shìbúshì tā tōu de ，Wángpíng

驚慌 地否認錢是自己偷的。陳述古再接著問：
jīnghuāng de fǒurèn qián shì zìjǐ tōu de 。Chénshùgǔ zài jiēzhe wèn ：

「如果眞的摸了 鐘 ， 手上 爲什麼沒有墨汁？
「 rúguǒ zhēnde mō le zhōng ，shǒushàng wèishénme méiyǒu mòzhī ？

沒有墨汁表示沒摸 鐘 ，如果是清白的，那爲
méiyǒu mòzhī biǎoshì méi mō zhōng ， rúguǒ shì qīngbái de ，nà wèi

什麼不敢摸 鐘 呢？」在陳述古再三追問下，
shénme bùgǎn mō zhōng ne ？ 」 zài Chénshùgǔ zàisān zhuīwèn xià ，

王平 支支吾吾說不清楚，最後終於 坦承
Wángpíng zhīzhīwúwú shuō bù qīngchǔ ， zuìhòu zhōngyú tǎnchéng

錢包是自己偷的。
qiánbāo shì zìjǐ tōu de 。

陳述古解決這件案子後，建州 的人民就
Chénshùgǔ jiějué zhèjiàn ànzi hòu ，Jiànzhōu de rénmín jiù

更加 稱讚 他的辦案能力了！
gèngjiā chēngzàn tā de bànàn nénglì le ！

Siapakah orang yang mencuri uang

Dahulu kala, ada seorang pria bernama Chen Shu Gu, kepribadian baik jujur dan adil, ketika ia menjabat sebagai hakim di propinsi Jian, kasus yang di tangani selalu membuat semua orang yakin.

Suatu hari, bibi Lin yang tinggal di Cheng Dong (kota timur, bagian dari kota Xi Ning) tiba-tiba datang membuat laporan, mengatakan bahwa pagi saat dia ke pasar untuk membeli makanan, ketika tidak memperhatikan, bersenggolan dengan seorang pemuda, saat itu dia tidak keberatan lalu terus berjalan. Akhirnya, setelah membeli daging waktu hendak membayar, ia merogoh semua saku, tidak juga menemukan dompet! Saat ini, baru lah ia teringat senggolan tadi pagi, di dalam hati berpikir, dompet mungkin dicuri oleh pemuda itu!

Menurut gambaran dari bibi Lin, Chen Shu Gu mencari lima orang tersangka kriminal, tetapi setelah dilihat-lihat bibi Lin, sangat sulit untuknya menentukan siapa pencuri sebenarnya. Setelah menanyai ke lima orang itu, tidak ada satu pun yang mengaku mencuri dompet. Menemui situasi seperti itu, Chen Shu Gu berpikir, berpikir hingga larut malam, dan akhirnya dapat satu cara yang baik!

Keesokan harinya, ia menugaskan bawahannya untuk memindahkan lonceng bel, dan di letakkan di taman belakang kantor, mengadakan upacara beribadah dengan meriah. Setelah ibadah selesai, Chen Shu Gu berkata kepada lima tersangka itu: "Ini adalah sebuah bel ajaib, bel ini dapat membedakan siapa itu pencurinya, siapa yang tidak bersalah, telah diuji dan terbukti nyata! Jika tidak bersalah, maka sekali menyentuh lonceng dengan sekuat tenaga, lonceng ini tidak akan mengeluarkan suara. Tetapi jika dia lah pencurinya, hanya dengan menyentuhnya sedikit saja, lonceng ini akan mengeluarkan suara". Selesai bicara, dia memerintahkan orang menutupi lonceng dengan menggunakan tirai, pada waktu yang sama memerintahkan orang melumuri seluruh permukaan lonceng dengan tinta hitam, setelah selesai dilumuri, menuntun tersangka satu per satu masuk ke dalam tenda untuk menyentuh lonceng. Setengah jam kemudian, mereka semua telah menyentuh lonceng, pada saat ini, Chen

Shu Gu meminta kelima orang itu mengulurkan kedua tangan mereka untuk diperiksa olehnya sendiri, alhasil menemukan bahwa hanya Wang Ping yang tidak ada tinta di tangannya. Melihat ini, Chen Shu Gu sudah memiliki jawabannya, lalu bertanya kepada Wang Ping, apakah uang benar dicuri olehnya, Wang Ping panik menyangkal. Chen Shu Gu kemudian lanjut bertanya: "Jika benar-benar telah menyentuh lonceng, mengapa tangannya tidak ada tinta? Tidak ada tinta berarti tidak menyentuh lonceng, kalau tidak bersalah, jika begitu mengapa tidak berani menyentuh lonceng?. Dibawah pertanyaan Chen Shu Gu yang bertubi-tubi, perkataan Wang Ping bertambah tidak jelas, pada akhirnya mengaku bahwa diri nya lah yang mencuri dompet.

Setelah Chen Shu Gu menyelesaikan kasus ini, rakyat Jian Zhou tambah memuji kemampuannya menangani kasus!

	生詞	漢語拼音	解釋
1	正直	zhèngzhí	tegak lurus
2	公正	gōngzhèng	adil

	生詞	漢語拼音	解釋
3	特徵	tèzhēng	gambaran
4	嫌疑犯	xiányífàn	tersangka
5	審問	shěnwèn	menanyai
6	承認	chéngrèn	mengaku
7	隆重	lóngzhòng	meriah, megah
8	儀式	yíshì	upacara
9	辨別	biànbié	membedakan
10	清白	qīngbái	bersih, tidak bersalah
11	屢試不爽	lǚshìbùshuǎng	telah diuji dan terbukti nyata
12	帷幕	wéimù	tirai
13	墨汁	mòzhī	tinta
14	驚慌	jīnghuāng	terkejutk panik
15	否認	fǒurèn	menyangkal
16	傳統	chuántǒng	tradisi
17	尊敬	zūnjìng	hormat
18	協助	xiézhù	membantu
19	工具	gōngjù	alat
20	馬馬虎虎	mǎmǎhūhū	biasa-biasa saja
21	拙劣	zhuóliè	ceroboh
22	傑出	jiéchū	luar biasa, menonjol
23	敏捷	mǐnjié	cekatan, pintar

十九、學法術的王生
xué fǎshù de Wángshēng

㈠ 文章
wénzhāng

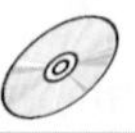

在一個小鎮裡，有個叫王生的
zài yíge xiǎozhèn lǐ ， yǒu ge jiào Wángshēng de
富家子弟，非常喜歡和神仙、法術相關的
fùjiāzǐdì ， fēicháng xǐhuān hàn shénxiān 、 fǎshù xiāngguān de
事情，他最大的願望就是學會長生不老之
shìqíng ， tā zuìdà de yuànwàng jiù shì xuéhuì chángshēngbùlǎo zhī
術！因此，他收拾行李，出發前往勞山，想
shù ！ yīncǐ ， tā shōushí xínglǐ ， chūfā qiánwǎng Láoshān ， xiǎng
找一位道士學習法術。他走啊走，爬過許多山，
zhǎo yíwèi dàoshì xuéxí fǎshù 。 tā zǒu a zǒu ， páguò xǔduō shān ，
好不容易才在山頭上看見一間道觀，門口正
hǎobùróngyì cái zài shāntóu shàng kànjiàn yìjiān dàoguàn ， ménkǒu zhèng
坐著一位留著白鬍子的道士，神情平靜，給人
zuòzhe yíwèi liúzhe báihúzi de dàoshì ， shénqíng píngjìng ， gěi rén
深不可測的感覺。王生急忙要求道士收他當
shēnbùkěcè de gǎnjué 。 Wángshēng jímáng yāoqiú dàoshì shōu tā dāng
徒弟，但是道士提醒他：「你恐怕太嬌慣了，
túdì ， dànshì dàoshì tíxǐng tā ： 「 nǐ kǒngpà tài jiāoguàn le ，
不能適應勞苦的生活。」王生信心滿滿地
bùnéng shìyìng láokǔ de shēnghuó 。 」 Wángshēng xìnxīnmǎnmǎn de
保證他絕對可以勝任，所以道士就讓他留下來
bǎozhèng tā juéduì kěyǐ shēngrèn ， suǒyǐ dàoshì jiù ràng tā liú xiàlái
了，讓他跟其他徒弟一起學習。
le ， ràng tā gēn qítā túdì yìqǐ xuéxí 。

可是，日子一天一天地過，道士除了叫他
kěshì，rìzi yìtiān yìtiān de guò，dàoshì chúle jiào tā
上山 砍柴、打掃庭園之外，並沒有教他
shàngshān kǎnchái、dǎsǎo tíngyuán zhīwài，bìngméiyǒu jiāo tā
任何法術。就這樣過了一個多月，王生 開始
rènhé fǎshù。jiù zhèyàng guòle yíge duōyuè，Wángshēng kāishǐ
不耐煩，心想，自己在家是少爺，茶來 張口，
búnàifán，xīnxiǎng，zìjǐ zàijiā shì shàoyé，chálái zhāngkǒu，
飯來 伸手，生活 愜意；到這來眞是活受罪，
fànlái shēnshǒu，shēnghuó qièyì；dào zhè lái zhēnshì huóshòuzuì，
手上 都長滿繭了，眞是苦啊！不知道士何時
shǒushàng dōu zhǎng mǎnjiǎn le，zhēnshì kǔ a！bùzhī dàoshì héshí
才會開始教法術，如果師父再不教，乾脆回家
cái huì kāishǐ jiāo fǎshù，rúguǒ shīfù zài bùjiāo，gāncuì huíjiā
好了。
hǎole。

有一天 晚上，王生 砍完柴回到道觀，
yǒuyìtiān wǎnshàng，Wángshēng kǎn wán chái huídào dàoguàn，
看見師父和兩個客人一起飲酒，其中一位客人
kànjiàn shīfù hàn liǎngge kèrén yìqǐ yǐnjiǔ，qízhōng yíwèi kèrén
說：「啊，讓你的徒弟們也一起來喝吧！大家
shuō：「a，ràng nǐ de túdìmen yě yìqǐ lái hē ba！dàjiā
有樂同享。」於是徒弟們全都圍了過來，準備
yǒulètóngxiǎng。」yúshì túdìmen quándōu wéile guòlái，zhǔnbèi
喝酒。這時，王生 看著 桌上 只有小小一壺
hējiǔ。zhèshí，wángshēng kànzhe zhuōshàng zhǐyǒu xiǎoxiǎo yìhú
酒，心想，這怎麼夠七八個人分呢？但奇怪
jiǔ，xīnxiǎng，zhè zěnme gòu qī bā ge rén fēn ne？dàn qíguài
的是，大家來來回回倒了十幾次，酒壺裡的
de shì，dàjiā láiláihuíhuí dàole shíjǐcì，jiǔhú lǐ de

酒依舊滿滿的，好像 沒人 碰過 一樣。大家
jiǔ yījiù mǎnmǎn de ， hǎoxiàng méirén pèngguò yíyàng 。 dàjiā

喝了一陣子後，道士拿起了一根筷子， 往 地上
hēle yízhènzi hòu，dàoshì náqǐ le yìgēn kuàizi ，wǎng dìshàng

一扔，竟然變出了一位大美女，那佳人 穿著
yìrēng ，jìngrán biànchū le yíwèi dàměinǚ ， nà jiārén chuānzhe

輕飄飄 的衣服，走到大家 面前 ，便開始跳起
qīngpiāopiāo de yīfú ，zǒudào dàjiā miànqián ，biàn kāishǐ tiào qǐ

舞來，一邊跳還一邊 唱著 歌娛樂大家！歌 唱完
wǔ lái ，yìbiān tiào hái yìbiān chàngzhe gē yúlè dàjiā ！ gē chàngwán

後，一個 轉身 ， 跳上 桌子，又變回一根
hòu， yíge zhuǎnshēn ， tiàoshàng zhuōzi ，yòu biànhuí yìgēn

筷子。 王生 看了羨慕極了，原本不耐煩的
kuàizi 。Wángshēng kànle xiànmù jí le ，yuánběn búnàifán de

心情一掃而空，就連回家的想法都打消了。
xīnqíng yìsǎoérkōng ，jiù lián huíjiā de xiǎngfǎ dōu dǎxiāo le 。

於是，他耐著性子又等了一個月，一心
yúshì ， tā nàizhe xìngzi yòu děngle yíge yuè ， yìxīn

希望道士能教他法術。但師父卻依然沒有任何
xīwàng dàoshì néngjiāo tā fǎshù 。dàn shīfù què yīrán méiyǒu rènhé

動靜 ，每天還是像 往常 一樣，吩咐他們
dòngjìng ，měitiān háishì xiàng wǎngcháng yíyàng ， fēnfù tāmen

上山 砍柴，洗衣煮飯。王生 受不了了，
shàngshān kǎnchái ， xǐyī zhǔfàn 。Wángshēng shòubùliǎo le ，

跑去跟道士說：「弟子不遠千里來向您學習
pǎoqù gēn dàoshì shuō ：「 dìzǐ bùyuǎnqiānlǐ lái xiàng nín xuéxí

法術，您卻一直都不肯教我！其實，我不求您
fǎshù ，nín què yìzhí dōu bùkěn jiāo wǒ ！ qíshí ，wǒ bù qiú nín

教我 長生之術 ，您只要教我一些小法術，
jiāo wǒ chángshēngzhīshù ，nín zhǐyào jiāo wǒ yìxiē xiǎo fǎshù ，

我就心滿意足了。但這幾個月來，我就只是
wǒ jiù xīnmǎnyìzú le 。dàn zhèjǐge yuè lái ，wǒ jiù zhǐshì

砍柴、打掃、煮飯，這樣的日子，我眞的是過
kǎnchái 、dǎsǎo 、zhǔfàn ，zhèyàng de rìzi ，wǒ zhēnde shì guò

不下去了。」道士微微一笑，回答：「我之前就
bú xiàqù le 。」dàoshì wéiwéiyíxiào ，huídá ：「wǒ zhīqián jiù

說過 你可能會不習慣道士的 生活 ，現在果然
shuōguò nǐ kěnéng huì bùxíguàn dàoshì de shēnghuó ，xiànzài guǒrán

如此。好吧！看你待了兩個多月，我就滿足你
rúcǐ 。hǎoba ！kàn nǐ dāile liǎngge duō yuè ，wǒ jiù mǎnzú nǐ

的 願望 ，教你一點小法術吧！你 想 學什麼
de yuànwàng ，jiāo nǐ yìdiǎn xiǎofǎshù ba ！nǐ xiǎng xué shénme

呢？」 王生 抓緊機會，要求學習 穿牆之術 ，
ne ？」Wángshēng zhuājǐn jīhuì ，yāoqiú xuéxí chuānqiángzhīshù ，

道士也答應了，教他幾句咒語，要他練習。可是
dàoshì yě dāyìng le ，jiāo tā jǐjù zhòuyǔ，yào tā liànxí 。kěshì

每當 王生 走到 牆 前，就莫名地害怕，進
měi dāng Wángshēng zǒudào qiáng qián ，jiù mòmíng de hàipà ，jìn

也不是，退也不是。道士要他什麼都別 想 ，再
yěbúshì ，tuì yěbúshì 。dàoshì yào tā shénme dōu bié xiǎng ，zài

試一次， 沒想到 ，他眞的就 穿過 牆 了！ 王
shì yícì ，méixiǎngdào ，tā zhēnde jiù chuānguò qiáng le ！Wáng

生 開心極了， 連忙 走回來 向 道士致謝，並 向
shēng kāixīn jí le ，liánmáng zǒuhuílái xiàng dàoshì zhìxiè ，bìngxiàng

道士告別。臨走前，道士只提醒他：「回去後要
dàoshì gàobié 。línzǒu qián ，dàoshì zhǐ tíxǐng tā ：「huíqù hòuyào

心靈純潔，嚴肅看待法術，不然就不靈了。」
xīnlíngchúnjié ，yánsù kàndài fǎshù ，bùrán jiù bùlíng le 。」

王 生到家後，向妻子吹噓自己遇到了
Wáng shēng dàojiā hòu ，xiàng qīzǐ chuīxū zìjǐ yùdào le

神仙，即使堅硬的牆壁都不能阻止他前進。
shénxiān， jíshǐ jiānyìng de qiángbì dōu bùnéng zǔzhǐ tā qiánjìn。

妻子不相信，王生便唸了咒語，朝牆壁奔跑
qīzǐ bùxiāngxìn，Wángshēng biàn niànle zhòuyǔ，cháo qiángbì bēnpǎo

過去，結果頭一碰到牆，叩的一聲，重重
guòqù，jiéguǒ tóu yí pèngdào qiáng，kòu de yìshēng，zhòngzhòng

跌倒在地！妻子把他扶起一看，王生頭上
diédǎo zàidì！qīzǐ bǎ tā fúqǐ yíkàn，Wángshēng tóushàng

腫了個像雞蛋一樣大的包，忍不住哈哈大笑，
zhǒngle ge xiàng jīdàn yíyàng dà de bāo，rěnbúzhù hāhādàxiào，

讓他又羞又氣，大聲地罵道士不存好心。
ràng tā yòuxiūyòu qì，dàshēng de mà dàoshì bù cúnhǎoxīn。

Wang Sheng yang belajar ilmu sihir

Di sebuah kota kecil, ada seorang anak dari keluarga kaya bernama Wang Sheng, dia sangat senang hal yang berhubungan dengan dewa dan ilmu sihir, keinginan terbesarnya adalah untuk mempelajari ilmu panjang umur tidak menua! Maka dari ini, ia berkemas koper, berangkat menuju ke gunung Lao, mencari seorang pendeta Tao untuk belajar ilmu sihir. Dia berjalan mendaki banyak gunung, berhasil melihat sebuah kuil Tao di atas bukit, di depan pintu duduklah seorang pendeta Tao yang berjanggut putih, ekspresi mukanya tenang, memberikan perasaan yang dalam tak terduga. Wang Sheng bergegas memohon pendeta untuk menerima dia sebagai murid, tetapi pendeta mengingatkan: “Aku takut kamu terbiasa manja, dan tidak dapat beradaptasi dengan hidup yang keras”. Wang Sheng dengan percaya diri berjanji ia pasti akan mampu, sehingga pendeta akan membiarkan dia tinggal, membiarkan dia belajar bersama dengan murid-murid lainnya.

Tetapi hari demi hari pun berlalu, pendeta selain menyuruh dia memotong kayu bakar di gunung, menyapu, tidak pernah mengajarinya ilmu sihir apapun. Dengan seperti ini satu bulan dilewati begitu saja, Wang Sheng mulai tidak sabar, berpikir bahwa dirumah dirinya adalah anak orang kaya, makan dan minum selalu disediakan, kehidupan sangatlah nyaman, datang kesini sungguh tersiksa. Seluruh tangannya kapalan, benar-benar menderita! tidak tahu kapan mulai diajarkan sihir, jika guru tidak mulai mengajar, lebih baik pulang ke rumah saja.

Suatu malam, Wang sesudah memotong kayu bakar lalu kembali ke kuil, melihat suhu minum arak bersama dua tamu, salah satu tamu mengatakan: "Ah, biarkan murid-murid anda juga minum bersama! Ada senang harus bagi bersama". Maka semua murid berkeliling berkumpul, siap untuk minum. Pada saat ini, Wang Sheng melihat hanya ada satu kendi kecil anggur di atas meja, dalam hati berpikir, bagaimana cukup untuk diminum oleh tujuh delapan orang? Tapi anehnya, mereka bolak balik menuang lebih dari sepuluh kali, anggur dalam kendi penuh tidak berkurang sama sekali, seperti tidak ada orang yang menyentuhnya. Setelah mereka minum beberapa waktu, pendeta mulai mengangkat sebuah sumpit, melemparkannya ke tanah, tidak disangka berubah menjadi seorang wanita cantik, wanita cantik itu mengenakan pakaian mengambang, berjalan ke depan semua orang mulai menari, sambil menari sambil menyanyikan lagu menghiburkan semua orang! Setelah selesai menyanyikan lagu, memutarkan badan dan melompat ke atas meja, kemudian berubah kembali menjadi sebuah sumpit. Wang Sheng melihatnya dengan sangat kagum, yang awalnya suasana hati tidak sabar lalu hilang seketika, dan membatalkan niatnya untuk pulang rumah.

Demikian Wang Sheng bersabar hati menunggu sebulan, sepenuh hati berharap pendeta bisa mengajarinya sihir. Tetapi seperti biasa, tidak ada perubahan, setiap hari menyuruh mereka naik ke gunung memotong kayu bakar, mencuci pakaian dan memasak nasi. Wang Sheng tidak tahan lagi, dia pergi berbicara dengan pendeta: “Murid menempuh perjalanan berjarak jauh datang untuk belajar sihir dari Anda, tetapi Anda tidak bersedia mengajari saya! Sebenarnya, saya tidak meminta Anda untuk mengajari saya ilmu sihir umur panjang, hanya saja Anda mengajari saya beberapa sihir kecil, saya akan merasa sangat puas. Tetapi dalam beberapa bulan ini, saya hanya memotong kayu bakar, membersihkan, memasak, hidup seperti ini, saya benar-benar tidak sanggup lagi.”. Pendeta tersenyum dan menjawab: “Sebelumnya saya sudah pernah mengatakan, kamu mungkin akan tidak terbiasa dengan kehidupan pendeta, sekarang benar seperti itu. Baik! Melihat kamu menghabiskan waktu disini dua bulan lebih, saya akan memenuhi keinginanmu, mengajarkan kamu beberapa sihir kecil! Apa yang ingin kamu pelajari?”.

Wang Sheng memegang kesempatan baik-baik,

dia meminta untuk belajar ilmu menembus dinding dan pendeta pun menyetujuinya, dia juga berjanji untuk mengajarinya beberapa mantra, meminta dia untuk berlatih. Tetapi ketika setiap Wang Sheng berjalan ke depan dinding, herannya dia merasa takut, maju tidak mudur pun tidak. Pendeta meminta dia untuk mengosongkan pikiran, mencobanya sekali lagi, tidak diduga, dia benar-benar menembusi dinding! Wang Sheng sangatlah gembira, langsung berjalan kembali berterima kasih kepada pendeta dan mengucapkan selamat tinggal. Sebelum Wang Sheng berangkat, pendeta berpesan: "Sesudah pulang ke rumah terus peliharalah kemurnian hati, menganggap serius ilmu sihir, jikalau tidak akan tidak efektif."

Sepulang Wang Sheng ke rumah, membual kepada istri bahwa dirinya bertemu dewa, bahkan dinding yang keras pun tidak dapat menghentikannya. Istrinya tidak percaya, Wang Sheng lalu membacakan mantra, berlari ke arah dinding, akhirnya sekali kepalanya membentur dinding dan sekilas mengeluarkan suara keras, lalu ia terjatuh ke tanah! Sang istri membantu dia bangun dan melihat, kepala Wang Sheng bengkak sebesar sebutir telur, tidak dapat menahan tawa tertawa terbahak-bahak, membuat dia malu dan marah, mengutuk pendeta berniat tidak baik .

	生詞	漢語拼音	解釋
1	富家子弟	fùjiāzǐdì	anak orang kaya
2	法術	fǎshù	ilmu sihir, mantra
3	長生不老	chángshēngbùlǎo	panjang umur tidak menua
4	道士	dàoshì	pendeta, imam
5	道觀	dàoguàn	kuil Tao
6	神情	shénqíng	ekspresi wajah
7	深不可測	shēnbùkěcè	perasaan yang dalam tak terduga
8	徒弟	túdì	murid
9	嬌慣	jiāoguàn	manja
10	勝任	shēngrèn	mampu, kompeten
11	砍柴	kǎnchái	memotong kayu bakar
12	不耐煩	búnàifán	tidak sabar
13	愜意	qièyi	nyaman
14	娛樂	yúlè	hiburan
15	一掃而空	yìsǎoérkōng	hilang/hanyut seketika
16	吩咐	fēnfù	berpesan
17	莫名	mòmíng	tidak dapat dijelaskan
18	看待	kàndài	menganggap, memandang
19	吹噓	chuīxū	membual
20	堅硬	jiānyìng	keras
21	腫	zhǒng	bengkak

二十、幫助稻子長高的農夫
bāngzhù dàozi zhǎnggāo de nóngfū

很久以前，有一位 非常 勤勞的農夫，不論是
hěnjiǔ yǐqián ， yǒu yíwèi fēicháng qínláo de nóngfū ， búlùnshì

颳風 或 下雨，每天都會去田裡看看他 種 的
guāfēng huò xiàyǔ ， měitiān dōu huì qù tiánlǐ kànkàn tā zhòng de

稻米，一定得確認它們都順利 成長 ，他才能
dàomǐ ， yídìngděi quèrèn tāmen dōu shùnlì chéngzhǎng ， tā cáinéng

放心。農夫這麼認真是因爲，他有父母、妻子和
fàngxīn 。 nóngfū zhème rènzhēn shì yīnwèi ， tā yǒu fùmǔ 、 qīzi hàn

小孩要照顧，全家都依賴田裡的 收成 過活，
xiǎohái yào zhàogù ， quánjiā dōu yīlài tiánlǐ de shōuchéng guòhuó ，

所以他十分關心稻米的 生長 情況 。其實，
suǒyǐ tā shífēn guānxīn dàomǐ de shēngzhǎng qíngkuàng 。 qíshí ，

農夫以前 曾經 吃過一次苦頭。有一次，半夜突然
nóngfū yǐqián céngjīng chīguò yícì kǔtóu 。 yǒuyícì ， bànyè túrán

下起大雨，農夫雖然被 雨聲 吵醒 了，但 心想
xiàqǐ dàyǔ ， nóngfū suīrán bèi yǔshēng chǎoxǐng le ， dàn xīnxiǎng

這雨應該很快就會停了，所以並沒有起身去搭
zhè yǔ yīnggāi hěnkuài jiù huì tíng le ， suǒyǐ bìng méiyǒu qǐshēn qù dā

遮雨棚。結果， 沒想到 ，那一次的雨一直下到
zhēyǔpéng 。 jiéguǒ ， méixiǎngdào ， nà yícì de yǔ yìzhí xiàdào

天亮 ！等 農夫到田裡去時，所有的稻子都被
tiānliàng ！ děng nóngfū dào tiánlǐ qù shí ， suǒyǒu de dàozǐ dōu bèi

打落在地上，全泡在水裡了。可想而知，那年的
dǎluò zài dìshàng ， quánpào zài shuǐlǐ le 。 kěxiǎngérzhī ， nànián de

心血全白費了！
xīnxiě quán báifèi le ！

經過那一次教訓，他再也不敢大意，只要
jīngguò nà yícì jiàoxùn ， tā zài yě bùgǎn dàyì ， zhǐyào
天氣有任何變化，絕對馬上到田裡檢查！可是
tiānqì yǒu rènhé biànhuà ， juéduì mǎshàng dào tiánlǐ jiǎnchá ！ kěshì
每天這樣來來回回地視察，農夫漸漸感到
měitiān zhèyàng láiláihuíhuí de shìchá ， nóngfū jiànjiàn gǎndào
疲憊，心裡忍不住想：「如果稻子可以
píbèi ， xīnlǐ rěnbúzhù xiǎng ：「 rúguǒ dàozi kěyǐ
長快一點就好了！稻子長快點，我也就不用
zhǎng kuàiyìdiǎn jiù hǎo le ！ dàozi zhǎng kuàidiǎn ， wǒ yě jiù búyòng
跑得那麼辛苦了！」於是，他開始想，怎麼樣
pǎo de nàme xīnkǔ le ！」 yúshì ， tā kāishǐ xiǎng ， zěnmeyàng
才能讓稻子長快一點呢？想啊想，他終於
cái néng ràng dàozi zhǎng kuàiyìdiǎn ne ？ xiǎng a xiǎng ， tā zhōngyú
想到了一個辦法，這時，只見農夫高興得跑進
xiǎngdào le yígè bànfǎ ， zhèshí ， zhǐjiàn nóngfū gāoxìng de pǎojìn
田裡去！
tiánlǐ qù ！

農夫忙了一整天，回到家後，不但沒有喊
nóngfū mángle yìzhěngtiān ， huí dào jiā hòu ， búdàn méiyǒu hǎn
累，反而還眉開眼笑的。於是妻子就好奇地問
lèi ， fǎnér hái méikāiyǎnxiào de 。 yúshì qīzǐ jiù hàoqí de wèn
他：「今天田裡的工作不累嗎？怎麼笑咪咪
tā ：「 jīntiān tiánlǐ de gōngzuò búlèi ma ？ zěnme xiàomīmī
的？」農夫回答：「我今天可忙囉！完成
de ？」 nóngfū huídá ：「 wǒ jīntiān kě máng luō ！ wánchéng
了一件大工程！身體雖然很累，但心裡卻
le yíjiàn dà gōngchéng ！ shēntǐ suīrán hěnlèi ， dàn xīnlǐ què

很開心！因爲我們家很快就可以 收成 了！」
hěnkāixīn ！ yīnwèi wǒmenjiā hěnkuài jiù kěyǐ shōuchéng le ！ 」

妻子覺得很奇怪，現在 明明 還沒秋天，怎麼
qīzǐ juéde hěnqíguài ， xiànzài míngmíng háiméi qiūtiān ， zěnme

可能快要 收成 了呢？她心裡很不安，便匆 匆
kěnéngkuàiyàoshōuchéng le ne ？ tā xīnlǐ hěnbùān ， biàncōngcōng

忙 忙地跑到田裡去看。這一看不得了！農夫
mángmáng de pǎodào tiánlǐ qù kàn 。 zhè yí kàn bùdéliǎo ！ nóngfū

的妻子看到稻穗全都垂了下來，一副奄奄一息
de qīzǐ kàndào dàosuì quándōu chuíle xiàlái ， yífù yānyānyìxí

的模樣。再向前細看，原來所有的稻米都
de móyàng 。 zài xiàngqián xìkàn ， yuánlái suǒyǒu de dàomǐ dōu

被拔高了，根都快要露出來了！她嚇得站都
bèi bágāo le ， gēn dōu kuàiyào lòuchūlái le ！ tā xià de zhàn dōu

站不穩，好不容易平復心情後，回家把農夫
zhànbùwěn ， hǎobùróngyì píngfù xīnqíng hòu ， huíjiā bǎ nóngfū

臭罵了一頓，因爲這麼一來稻子肯定活不了，
chòumà le yídùn ， yīnwèi zhème yìlái dàozi kěndìng huóbùliǎo ，

今年很可能沒 收成 了！
jīnnián hěnkěnéng méi shōuchéng le ！

Petani yang membantu padi tumbuh cepat

Dahulu kala, ada seorang petani yang sangat rajin, tidak perduli biarpun bertiup angin kencang atau hujan, setiap hari akan ke sawah untuk melihat tanaman padinya, harus memastikan mereka tumbuh dengan baik, barulah dia bisa tenang. Petani sebegitu seriusnya karena dia mempunyai tanggung jawab untuk menghidupi orang tua, istri dan anaknya, seluruh keluarga bergantung pada hasil yang ia tanam disawah, maka dia sangat memperhatikan keadaan pertumbuhan padinya. Sebenarnya, sebelumnya petani pernah mengalami kepahitan. Pada suatu hari, tengah malam tiba-tiba turunlah hujan besar, meskipun petani terbangun oleh suara hujan, tapi dia berpikir hujan segera berhenti, maka tidak bangun untuk memasang kanopi. Alhasil, hujan itu terus turun tak henti hingga pagi hari! Sesampai petani ke ladang, semua padinya terjatuh ke tanah, semua terrendam di dalam air. Bisa dibayangkan, jerih payah tahun itu semua sia-sia!

Setelah mengalami pelajaran itu, ia tidak akan lalai lagi, asalkan setiap ada perubahan cuaca apapun, pasti segera ke ladang sawah untuk memeriksanya, tetapi dengan seperti ini setiap hari bolak balik memantau ladang, petani pun perlahan-lahan merasa lelah, lalu berpikir: "Alangkah baiknya jika padi bisa tumbuh lebih cepat! Saya tidak perlu berlari secapai itu!". Maka dia mulai berpikir, bagaimana caranya agar padi tumbuh lebih cepat? Dipikir-pikir, ia akhirnya terpikirkan suatu cara, saat ini, hanya melihat petani dengan senang berlari ke ladang!

Setelah petani itu sibuk sepanjang hari, setelah kembali ke rumah tidak hanya tidak mengeluh lelah malah tersenyum riang. Maka istri penasaran bertanya kepadanya: "Tidak lelahkah pekerjaan diladang hari ini? Kenapa tersenyum-senyum?". Pertanian menjawab: "Hari ini saya sangatlah sibuk, telah menyelesaikan sebuah proyek besar! Meskipun tubuh lelah, tetapi hati sangatlah gembira karena keluarga kita akan segera panen!".

Istri merasa sangat heran, jelas-jelas musim gugur belum tiba, bagaimana mungkin akan segera memanen? Dia merasa sangat tidak tenang, bergegas lari ke ladang untuk melihat. Cilaka! Istri petani melihat ujung padi semua menggantung ke bawah, seperti sekarat akan mati. Dilihat secara teliti lagi, ternyata semua padi telah ditarik naik keatas, sehingga akar padi pun terlihat keluar dari tanah! Dia terkejut hingga lemas tidak dapat berdiri tegak, lalu setelah dengan susah payah menenangkan hatinya, pulang ke rumah lalu mencaci-maki suaminya, karena tentunya padi ini tidak dapat bertahan hidup, tahun ini kemungkinan besar tidak panen!

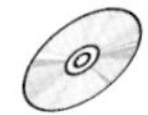

	生詞	漢語拼音	解釋
1	勤勞	qínláo	rajin
2	稻米	dàomǐ	padi
3	依賴	yīlài	mengandalkan, bergantung kepada
4	收成	shōuchéng	hasil panen
5	苦頭	kǔtóu	kepahitan/kerugian
6	心血	xīnxiě	jerih payah
7	白費	báifèi	sia-sia
8	教訓	jiàoxùn	pelajaran
9	大意	dàyì	lalai, sembrono
10	視察	shìchá	memeriksa
11	疲憊	píbèi	letin
12	眉開眼笑	méikāiyǎnxiào	tersenyum riang
13	笑咪咪	xiàomīmī	tersenyum-senyum
14	工程	gōngchéng	proyek
15	匆匆忙忙	cōngcōngmángmáng	terburu-buru
16	稻穗	dàosuì	ujung padi
17	奄奄一息	yānyānyìxí	sekarat
18	平復	píngfù	tenang
19	浪費	làngfèi	terbuang sia-sia
20	收割	shōugē	menuai

國家圖書館出版品預行編目資料

寓言（印尼語版）／楊琇惠編著；李良珊譯.
-- 初版. -- 臺北市 : 五南, 2017.01
面； 公分.
ISBN 978-957-11-8880-5（平裝）
1.漢語 2.寓言 3.讀本
802.86 105018600

1X8H 新住民系列

寓言（印尼語版）

Cerita dongeng

編 著 者 — 楊琇惠(317.4)
譯 者 — 李良珊
發 行 人 — 楊榮川
總 編 輯 — 王翠華
主 編 — 黃惠娟
責任編輯 — 蔡佳伶
校 對 — 李鳳珠
封面設計 — 陳翰陞
出 版 者 — 五南圖書出版股份有限公司
地 址：106台北市大安區和平東路二段339號4樓
電 話：(02)2705-5066 傳 真：(02)2706-6100
網 址：http://www.wunan.com.tw
電子郵件：wunan@wunan.com.tw
劃撥帳號：01068953
戶 名：五南圖書出版股份有限公司
法律顧問 林勝安律師事務所 林勝安律師
出版日期 2017年1月初版一刷
定 價 新臺幣300元

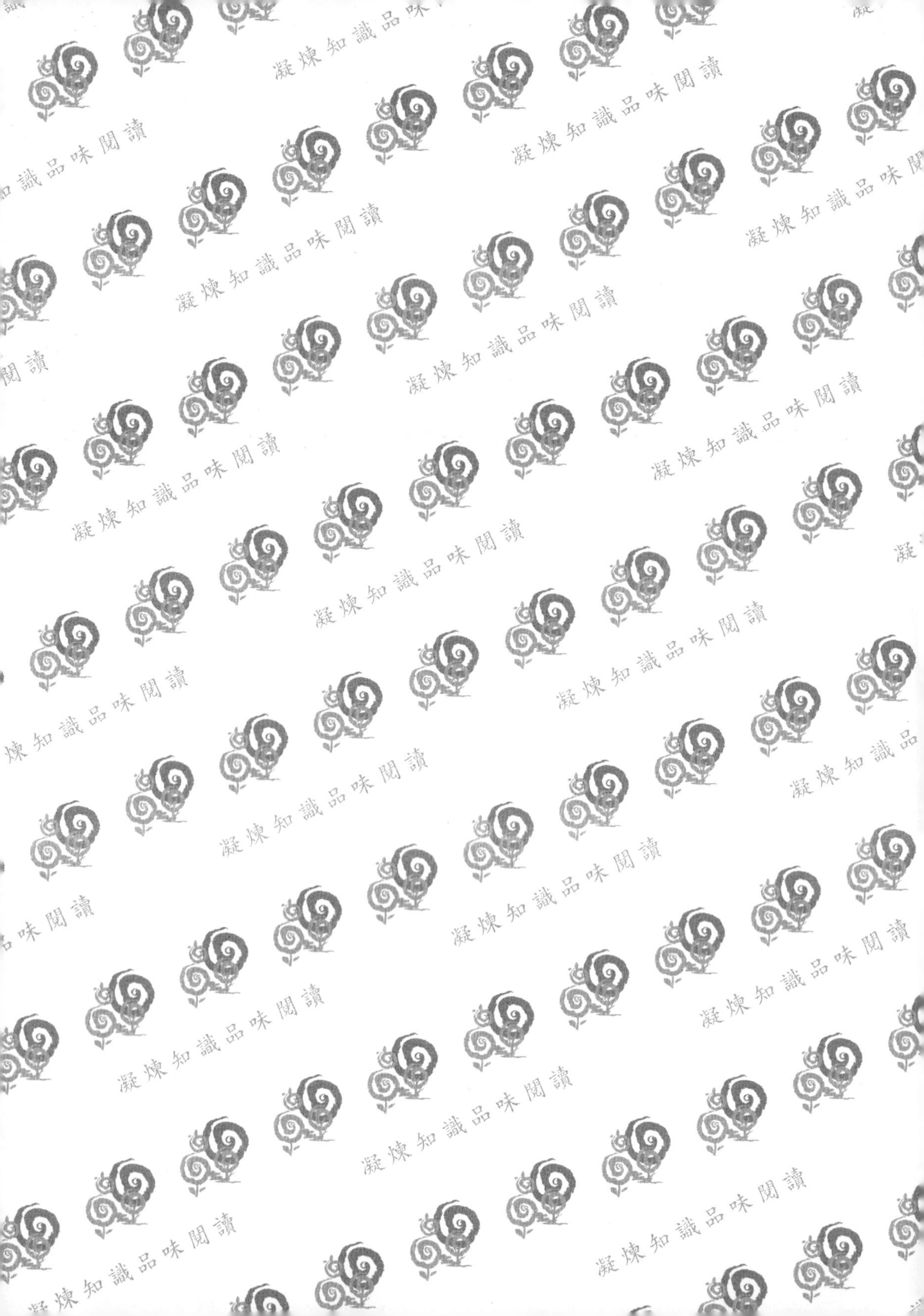